置き去りにされる人びと

すべての男は消耗品である。Vol.7

村上 龍

幻冬舎文庫

置き去りにされる人びと

すべての男は消耗品である。Vol.7

contents

勝ち組と負け組という嘘

04/02/2001
2:57

　ＪＭＭというメールマガジンを二年やってわかったことは、日本が経済的に豊かになり、豊かになろうという国家的な目標が失われ、日本人が均一ではなくなったということだ。日本人が均一ではなくなったと書くと、一口に日本人といっても一人一人顔つきも考え方も違うじゃないかなどと言う人がきっといるだろうが、顔つきが違うのはＤＮＡが微妙に違うのだから当たり前だし、日本社会における考え方の違いというのはほとんど趣味的なものなので、そういったことを言う人は相手にしないことにしたい。

日本人が均一ではなくなったということは、日本人としての共通の利害というものが希薄になったということだ。高度成長の真っただ中で承認された日米安保条約だが、あの当時は、安保は日本にとって是か非か、という論議が可能だった。

　ここ二、三年の経済・社会のキーワードのおもなものは、構造改革とＩＴ革命だろう。しかし構造改革やＩＴ革命を、十歳の子どもにもわかるように五十字で説明できる人はほとんどいないのではないだろうか。その言葉の定義がないまま、あるキーワードが流通してしまうのは、日本社会がいまだに高度成長時のように、文脈を共有しているとマスメディアが勘違いしているせいだ。

現在の日本社会に「あうんの呼吸」などほとんど残っていないが、興味深いことに、それが厳然とあると信じ込んでしまうのも、あうんの呼吸の名残なのだ。つまりわたしたちは、ある文脈を共有していると思い込んでいることが多く、現代ではそれがトラブルの元になることも多い。わかってくれただろう、と思っていても伝わっていないことが多い。

ＩＴ革命はエネルギー革命とは微妙に違う。石炭から石油へのエネルギー源の移行は、炭鉱の閉山などで一部の労働者に犠牲を強いたが、そのあとでは広く日本人全員の利益になった。もちろん公害などのネガティブな側面もあったが、利益は広く日本人全般に配分されたのだった。

＊

構造改革はどうだろうか。構造改革は、既得権益層の一部に明らかな不利益をもたらす。業態への参入障壁が低くなれば、競争がないことで利益を得ていた企業や、許認可の権限で権力を発揮していた官僚の利益が減ってしまうのだ。構造改革は、海外先進国からも期待されている。システムと考え方の枠組みを変えない限り、日本経済の再生はあり得ないと、海外では考えている。

つまり、衰退企業から成長企業へと資源配分を変えなければ、いずれ日本経済は内外の変化に適応できず、全体的には衰退してしまうということだ。それはまったく正しいのだが、短期的には、そういった構造改革の恩恵が日本人全員に及ぶことはない。ＩＴ革命も同じだ。ＩＴの進歩によって、インターネット機能を持つ家電製品が開発されたり、双方向のデジタル放送が開始されたり、というようなバラ色の未来を暗示するようなことだけをマスメディアは伝えようとする。

マスメディアが間違っているというわけではなくて、今のところ、日本のマスメディアにはそういう伝え方しか考えられないのだ。他の伝え方があるかも知れないということをおそらく考えたこともないだろう。現在の日本のマスメディアには、日本人の中で利害が衝突するという事実を伝える文脈がない。ＩＴ革命というのは日本の造語だが、とりあえずそういったものがこれから起こるとして、その恩恵が日本人全員に行き渡るというようなことはない。

ＩＴはコミュニケーションの道具だから使いこなせる人はそれによって大きな利益を得る

だろう。使えない人は、あるいは発信するコンテンツのない人は、ITに金を支払うだけになるだろう。そういう事実を伝える文脈をマスメディアは持っていないということだが、日本のマスメディアが新しい文脈を手に入れることは永遠にないだろうとわたしは思っている。

＊

ＪＭＭでフリーターの議論をしたが、結局、もっとも重要で深刻な問題は、現在フリーターと呼ばれている層は、フリーターという言葉では括《くく》れないにもかかわらず、フリーターという言葉が流通し定着したということだった。

今の日本社会には、日本人全体が一律で均一だった昔を懐かしむ反動的な流れがある。その流れは、本当に自然なものなので気づきにくい。わたしたちは、本当に自然に「今でも日本人はみんな一緒だ」と思いたがっているのだ。

フリーターの議論では、ショッキングな統計資料を知った。先進国の中では唯一、日本の自営業が減り続けているのだ。自分で会社を興そうという人が減り続けているし、大企業に正社員として就職したいと希望する人が増えている。

経済戦略会議や産業競争力会議での提言を嘲笑《あざわら》うように、多くの日本人は自分でリスクを取ろうとしなくなっている。全体としては、昔よりはるかに保守的になっているのだが、それはなぜだろうか。

その理由は簡単だ。昔に比べると、全体としての日本社会が活力というか生命力を失っているからだ。それではどうして日本社会には活力と生命力が以前より減ってしまったのか。その理由も簡単だ。終戦直後から戦後復興期、高度成長時に、「活力があった」のではなく、その頃は「活力がなければ生きていけなかった」のだ。

つまり生存の条件としての活力と生命力にあふれていたということになる。昔はよかった、と言う人の多くは、過去の日本人の活力を懐かしみ、現代にそれが少ないことを嘆く。ただ、そんなことは当たり前で、日本だけではなく、他のどんな国でも、社会でも、貧しかった頃に必要とされていた活力は豊かになると失われる。問題は、日本人にはその特性として大前提的に活力が備わっていたかのような勘違いが多いことだろう。

自営業が減っているのが日本だけなのは、他の先進国では、豊かになっても自営業が減らないように、国民の活力が急激に減らないように政策やシステムを考えているということだろう。より競争が激しくなるシステムを導入するとか、競争に勝った人への報奨を多くするとか、外部の資本や経営者や労働力を導入するとか、その方法はいろいろあるが、要するにインセンティブを準備するということだろう。

活力がある人間が利益を得るのだというアナウンスメントが必要なのだと思う。だが、現在の日本ではそういうアナウンスの文脈がない。さあみなさんご一緒に活力を復活させましょう、という風にどうしても日本人全体に呼びかけてしまう。

＊

わたしはこのエッセイでも、何度もアナウンスが大切だと書いてきた。もちろんそのことを訂正するつもりはない。だが、これからより重要になってくるのは、誰に向かって、あるいはどの層に向かってアナウンスすべきか、ということではないだろうか。日本人が一律ではないのなら、放っておかざるを得ない層もあるということだ。同じアナウンスが全体に行き渡ることはないのだとはっきりと自覚する必要があるだろう。

ただし、そういった層に対しては別の戦略が必要になるかも知れない。たとえば読むのは漫画雑誌だけ、テレビはバラエティと連ドラだけ、という層は明らかに存在する。読むのはレディスコミックと女性週刊誌だけ、という女性層も明らかに存在する。彼らは朝日新聞の文化欄のエッセイを読まないし、ＪＭＭも読まないし、教育テレビも見ない。彼らに何かを伝えようと思ったら、それなりの戦略が要る。

勝ち組とか負け組とか意味のないことを言っている層は無視したほうがいい場合も多くなる。勝ち組に入りさえすれば、あるいは勝ち組に残りさえすれば、もう安泰というようなバカと、マスメディアを無視した発信の仕方も戦略として考えなくてはならなくなるだろう。

富の再配分ができなくなった権力は滅ぶ

04/24/2001
2:58

小泉純一郎が自民党の総裁になりそうだ。当然自動的に総理大臣になるのだろう。マスメディアは、小泉純一郎が掲げる郵政の民営化を始めとする改革が、自民党の挙党一致体制という名の下に形骸化するのではないかと懸念を表している。わたしは自民党の将来などどうでもいいが、今回の総裁選で地方の自民党員が示した守旧派への嫌悪感は本物だと思う。橋本龍太郎の総裁選への再出馬はさすがに見苦しかった。敗戦に導いた戦犯が堂々と選挙に出てきたわけで、全国の自民党員もバカにされているような気がしたのだろう。

どうしてマスメディアは地方党員による予備選挙の結果を、自民党支配の崩壊の現われだと素直に認めないのだろうか。それは、資源・所得の再分配ができなくなった権力は滅ぶというシンプルな事実に気づいていないからだろう。自民党のガバナンスが恒常的なものであると勘違いしているのだ。

誤解されると困るが、わたしは自民党の変化を喜ばしいことだと思っているわけではない。

わたしは現在の日本の政党・政治家には興味がない。長い間権力を保ってきた自民党は、すでに資源・所得の再分配ができなくなっているので、これまで利益を受けてきた党員や支持団体が離れていくのは当然のことだと思っているだけだ。

＊

古代の王政以来、権力者は、間違った治世を重ねて失脚してきたわけではない。資源・所得の再分配が不能になったときに、生活が苦しくなった民の恨みを買って、人身御供のように殺されてきたのだ。生活レベルが急激に良くなっているときは、どんな政党でも権力を維持することができる。

戦後の高度成長は世界史的に例のないものだったが、自民党が正しい経済政策をとったから可能だったわけではない。高度成長は歴史の必然だったという経済学者も多い。当時、つまり一九五〇年代後半、戦後の復興期が終了し、日本経済を悲観的に予測していたエコノミスト、経済学者、経済官僚も多かった。終戦直後から朝鮮戦争にかけての復興需要が終われば、成長率は鈍化する。復興による経済成長は輸入を増やし、経常収支が悪化する。国際収支の限界を超えて持続的に成長できるほどの輸出競争力は、日本にはまだなかったのだ。

一九五六年の経済白書は「もはや戦後ではない」というキャッチフレーズで有名になったが、それはよほどの技術革新がない限り成長率は下がるだろうという危機感の表れだったらしい。池田勇人の所得倍増計画はそういったときに始まった。当時の大蔵省のエコノミスト下村治が、所得倍増計画をデザインした。その根拠となったのは、第一に、国民のモチベーションの充実、第二に、高い技術と能力を持った大量の労働力、第三に、生産設備の急速な回復、第四に、非常に高い需要圧力だった。

それは、一部の経済学者にとっては戦後復興期の特徴だと見られていたが、池田と下村は、同時に経済勃興期の特徴だと考えたのだった。池田と下村は正しかった。ただし、一九六〇年から十年間、平均一〇・五パーセントの成長率を維持したのは、所得倍増という計画のせいではなく、貧乏を脱しようという国民の意欲と、巨大な需要圧力がそのおもな要因だったようだ。

その間、日本の左翼は平等を訴えるだけで何もできなかった。大多数の国民は国政レベルでは自民党を支持した。その後自民党の得票率は下がったが、それは支持母体の農村が急激に崩壊したからだ。都市部に流れ込んだ大量の労働者は、都市の革新地方政権を支持したが、国政レベルでは左翼に経済ビジョンがなく、何度かあった不況もその都度克服されたので、国民は結局自民党を支持し続けたのだった。高度成長が七〇年代に終わると、製造業から非製造業へという産業のシフトが始まり、地方から都市部への労働力の大量流入が終わる。地方にも雇用が生まれたからで、人口移動が終わると、自民党の支持率低下が止まった。

＊

自民党は、腐敗していると批判され、大規模な汚職や官民の癒着《ゆちゃく》が数え切れないほど指摘されてきた。それでも、自民党の支配は終わらなかったが、それは国民に信頼されてきたからではない。高度成長から、八〇年代の「ジャパン・アズ・ナンバーワン」の時代にかけて、資源・所得を再分配する原資を持ち、極端な経済政策の変更を行なわないという国民との了解事項があったからだ。

資源・所得の再分配というのは、既得権益層を保護するための規制や、認可、そして公共事業を意味する。現在、たとえば亀井静香が主張している財政出動は、高度成長時代、あるいは七〇年代から八〇年代にかけて実際に有効な政策だった。公共事業は、高度成長時には国家インフラの整備だったし、その後の安定低成長時代には確実に景気浮揚をもたらしたからだ。

どうしてこんなことを長々と書いているかというと、自民党の支持層、及び党員はイデオロギーで党を支持しているわけではないということを言いたいからだ。支持者及び党員は、小泉純一郎以外には自分たちの利益を託せないと思ったのだろう。どうやらそのことに、マスメディアと同じく守旧派の幹部たちは気づいていないような気がする。自民党の守旧派だろうが、改革派だろうが、民主党だろうが、共産党だろうが、どの政党が政権を担っても同じだろうと思えるのは、彼らに、今の日本に需要と原資がないという自覚が見えないことだ。

簡単に言えば、もうばらまく金がないし、大多数の日本人はこれから何をすればいいのかわからない。そういった状況で、数パーセントの人が金を稼ぐ方法を必死で探し成功している。その割合が、一〇パーセントに達すれば、日本は少し景気が良くなるだろうし、二〇パーセントに達すればパイの分け前が市場に出回るようになるかも知れない。三〇パーセントに達すれば、他の人も何をすればいいのかに気づき、経済が活性化するかも知れない。だが、これまでのように「日本経済」という大きな単位で、みんなが一律に豊かになることはない。そしてそれはそれほど悪いことではない。

＊

社会的ひきこもりについて調べている。ひきこもりの青年を主人公にした『共生虫』という作品を書くときは一切資料を読まなかった。ひきこもり自体がモチーフではなかったからだ。今準備している小説は、家族の問題としてひきこもりがモチーフになっている。いろいろな資料を読んでいるのだが、どうしてひきこもりという問題が起こるのか、わからない。

もちろん社会的ひきこもりの要因は一つではないし、治療やカウンセリングに携わる人々にとっては、要因を解明するよりもひきこもりを理解するほうがはるかに重要なことなのだろう。社会的なひきこもりは基本的に日本に特有のものだが、それは当たり前のことだが日本の社会に原因があるのだろうとわたしは思っている。日本の社会に原因があるというと、カウンセリングの施設が乏しいとか、マスメディアに理解がないとか、核家族のあり方に問題があるとか、そういう風に語られがちだ。わたしが考えているのはそういうことではない。

これまでの日本の社会では、共同体の外へ出ることのコストとベネフィットを考えなくても済んだ。共同体は、子どもがコミュニケーションを学習するための装置を自前で揃《そろ》えていた。大家族や、子どもたちだけの遊びのグループがあり、そして世間と呼ばれる監視装置もあった。それらは、日本的な共同体の中での、一般的なコミュニケーションを学ぶ装置だったのだろうが、それらは高度成長後にしだいに消滅していき、現在はほとんど残っていない。それらは自然発生的に出来上がったものなので、それに代わるものが必要だという意識など日本社会にはなかった。

しかし、ひきこもりではない大人や子ども全員が、普遍的なコミュニケーションスキルを持っているとはとても思えない。まだ小説を書き始めていないので、ひきこもりについての考えはまとまっていないし、考えがまとまるのかどうかもわからない。ただ、ひきこもりにシンパシーを感じるのは非常にむずかしい。

日本、日本人という主語の限界

最近、インタビューを受けるとき、ただ一つのことしか言わないようにしている。日本とか日本人という主語が機能していないので、日本人や、サラリーマンやＯＬや子どもや若者や老人をひとくくりにしてはいけない、ということだ。シンプルなことだが、その一言で、インタビューはきわめて困難なものになる。それで、ほとんどの雑誌、新聞やテレビが「日本人は」という主語でものごとを伝えようとしているのだとわかる。

親しい編集者のいる出版社が、ビジネスマン向けの新しい雑誌を作ることになり、そのメインコンセプトの相談を受けた。ターゲットにしたい読者は、サラリーマンではなくビジネスマンらしい。では、サラリーマンとビジネスマンの違いは何だろうか。誰も正確には定義できなかった。サラリーマンは給与をもらって生活している人で、ビジネスマンはビジネスをしている人なのだろうが、小説家だってビジネスをしているが、小説家をビジネスマンとは言わない。

マスを対象にした雑誌が作りにくくなっている。以前は、その雑誌を読んでいる人間が何となく見えていたが、今は見えない。たとえば「週刊現代」や「週刊ポスト」を読んでいる人間は、二十代後半から四十代の男で、企業に勤めるサラリーマンで、酒やギャンブルや女が好き、というようなカテゴライズだったと思う。そういったカテゴライズが可能だったのは、年功序列と終身雇用と経済成長がセットになっていたからだ。

学卒の企業就職者で三十代というと、だいたい給料は同じようなものだった。違っているのは、巨人ファンか阪神ファンかというような趣味的なテイストだけだった。その他はだいたい同じだったので、百万部も売れるようなマスマガジンが主流になったのだ。同じ三十代の勤め人でも人によって年収が二桁近く違うのが当然という社会になると、どの層をターゲットにして雑誌を作ればいいのかがわからなくなる。

＊

その違いは多様化という言葉では言い表せない。多様化というのは、様式が多くなるということだが、現状は違う。格差が発生しているのだ。リストラされて子会社へ出向になり年収が三五〇万になってしまった三十五歳と、外資系のファンドマネージャーで出来高のボーナスを一億もらった三十五歳では、生きていくための条件がまったく違う。三五〇万と一億という極端な違いでなくても、リストラに怯《おび》える衰退企業の三十五歳と、成長企業の三十五歳という違いだけでも、カテゴライズ不能になる。さらにやっかいなのは、勝ち組と負け組というカテゴライズでは実態を把握することができないということだ。つまり負け組といわれる企業でも、優秀な人材はすぐに次の就職が決まるが、どうしようもない人材には仕事がない。若年層の失業率は一〇パーセント近いが、失業者が増えると、それだけで社会格差が発生する。大半の雑誌は失業者を対象にしていない。

　山歩きやガーデニングや囲碁将棋の雑誌のような一部の専門誌を除いて、今、部数を伸ばしている雑誌はおそらく皆無だろう。それは「一般雑誌」の時代が終わったことを意味する。雑誌の編集方針が古いとか、コンセプトが間違っているわけではなくて、五十万という数字でくくれるだけの不特定集団が日本から消失したのだ。そういった事態にメディアは気づいていない。

　だから新雑誌を準備するときに、対象となる読者を想定することができない。若いビジネスマンが対象の雑誌というのは、おそらく次のようなイメージで作られるのだと思う。つまり、成功者の体験や秘訣やその暮らしぶりを紹介して、大量の予備軍にそれを読みたいと思わせるのだ。成功者はどうやって成功したのか。その成功のきっかけは何か。その成功の秘訣は何か。どんな苦労をしたのか。成功するとどんな報酬があり、どんな贅沢が許されるのか。

そういったコンセプトを支えているのは、きっかけと秘訣さえあれば誰だって成功することができるという幻想だ。この小説を書くことになったきっかけは何か、インタビューで、わたしも必ず聞かれる。たとえば衣料品業界で一人勝ちしているユニクロ・ファーストリテイリングの社長に、成功のきっかけを聞いてみるといい。一言ではとても言えないという答えが返ってくるだろう。ユニクロのビジネスモデルが完成するためには、数限りないシミュレーションと、ノウハウの蓄積があるはずなのだ。つまり、成功者は、きっかけと秘訣と苦労で成功したわけではなく、ミもフタもない科学的な努力を積み重ねたわけだが、そういったことはこれまで日本の雑誌ではほとんど問題にならなかった。

成功に憧れる読者をだますためには、ミもフタもない科学的な努力を紹介してはいけないのだ。わたしはデビュー以来、インタビューなどで、苦労しましたと言ったことがない。インタビュアーは、苦労話を聞きたがる。気取っているわけではなく、わたしは本当に苦労なんかしたことがない。小説を書くのはわたしの仕事だから、充実させるための努力はあるが、それは別に苦労ではない。楽しいわけではないが、必要なことをやっているだけだ。

誰にでもチャンスがある、というのは嘘でも幻想でもない。だが、自分はどういう人生を望むか、という戦略がない人間には最初からチャンスがない。自分が何をしたいかがわかっているからその目標に従って科学的な努力が可能になる。

＊

戦略を行使するための、モチベーションの対象を持っているか持っていないかですべてが決まってしまう。そして、モチベーションの対象を持っている人は、全体の数パーセントだろう。彼らは自分の人生を選択する。自分の人生を選択するために、自分の資源をチェックし、モチベーションの対象に集中して投資するのだ。この世の中には、それができる人と、できない人がいるだけで、それ以外にはいない。きっかけも秘訣も苦労も関係がない。

残酷だが、モチベーションの対象を探す年齢には限界がある。わたしの考えでは、二十八歳というのがその年限だ。二十八歳までに自分のモチベーションの対象を探せないと、人生を選び取ることはむずかしくなる。簡単に言うと、他人にただこき使われるだけ、ということになってしまうのだ。

それでは日本ではもう若いビジネスマンのための雑誌は成立しないのかというとそんなこ

とはない。人生を選び取るためのガイドブックとして、むしろそれらは必要だとわたしは思う。そのためには、まずカテゴライズの方法を変えなくてはいけない。最初に大きなカテゴライズが必要だ。それは、競争社会で生きていくのか、それとも競争のない社会を選ぶのか、という選択だ。

競争社会で生きるというのは、ゼロサムの給与体系の中で、つまりみんなに等しく給料が支払われるのではなく結果に応じて報酬に差がつく集団の中で、競争に参加するということだ。競争のない社会を選ぶというのは、アーティストや学者や技術者や研究者やボランティアとして、個人として、あるいはNPOなど非営利の団体で生きていくということだ。

そういったアナウンスはどこにもない。そのために多くの子どもや若者が混乱している。社会全体が生き方の選択肢を提示できていないので、子どもや若者はどう生きればいいのかわからない。生き方を選ぶのはあなた自身だ、みたいなことを言う人が多い。もちろんその通りなのだが、たとえば中卒で医者になるのはほとんど無理だ。また、生き方という言葉は曖昧で、ニュアンスが趣味的になってしまう。つまりこれまで日本の社会において、生き方というのは、安定的な企業・官庁に勤めることに限定されがちだった。ほとんどすべての男の目標は、大企業や官庁への就職だという前提があった。そういう社会では、趣味が生き方になってしまう。選択すべきものが趣味しかないからだ。

必要とされているのは、男のライフスタイルだと思う。いい学校に行って大企業に就職するという基本のライフスタイルが崩壊した今、いくつかの新しい基本のライフスタイルを示すことが、男性雑誌の使命ではないだろうか。

個性化を強制するという矛盾

07/02/2001
16:04

先月は男性のライフスタイルについて書いた。以来、男性のライフスタイルについて考える機会が多いが、考えるほど事態は深刻だと思えてくる。政府は雇用契約法を改正しようとしている。いよいよ終身雇用と年功序列は過去のものになりつつある。

わたしは終身雇用と年功序列が職種全般にフィットした制度だとは思わないが、一律に不要だとも思わない。非熟練ブルーカラーの横断的労働市場などとても考えられないからだ。しかし、問題は終身雇用・年功序列の是非ではない。金融・経済のグローバル化は避けられないものだ、という考えがメディアを通じて浸透しつつあって、雇用慣行の変化もその一環だ。

まるで鬼畜米英から民主主義への移行にも似た考え方の枠組みの大きな変化が、その意味を問われることなく、表層的に行なわれようとしている。終身雇用と年功序列に代表される日本的な雇用慣行はすでに時代遅れだ、というコンセンサスがメディアに生まれつつある。

一部の優れた雇用経済学者が、雇用慣行を急激に、しかも一律に変えることに警告を発しているが、それでも終身雇用＝時代遅れ、という考え方はすでに主流になっている。

＊

問題は、雇用慣行の変化が何を意味し、社会にどんな影響を与えるかという論議がまったくないことだ。雇用というと、専門的なニュアンスがあって、現実感が薄いが、仕事や職業や就職という言葉を使うとわかりやすい。どんなに時代状況が変わっても、仕事や就職は人生の重大事だ。生きていくためには金が必要で、その金を生むのが仕事であり、どんな仕事をするかでその人の職業が決まる。どんな職業に就くか、どこへ就職するか、そういった人生の重大事が、雇用慣行の変化によって影響を受けようとしているのだ。

さらに、社会全体としてはそういった変化へ適応できていない。たとえば教育だが、基本的には、いまだに大企業の正社員になるためのカリキュラムが主流だ。人々の意識も、大企業・有名企業への就職がもっとも安定的だという旧来のものからたいして変化していない。

確かに大企業の内部では、安定の象徴の対象は変わっている。造船や不動産、ゼネコンや流通小売りなどはイメージが下がった。だが、日本では自営業が減り続けている。開業率も廃業率も他の先進国に比べて低い。自分で会社を興したり、個人で何か商売をしようという人間は減り続けていて、全体としては安定を求めて就職を希望しているのだ。フリーターの八割が大企業への正社員としての就職を希望しているという悲しい結果のアンケートもある。

これまでの日本社会には、安定した大企業に就職すると一生安泰だというコンセンサスがあった。実際にそうだったかどうかは不明だ。就職しても会社内での出世競争みたいな不毛なストレスがあったのかも知れないが、そんなことはどうでもいい。問題は、そういったコンセンサスがあって、現在もそのコンセンサスは消滅していないということだ。なぜ消滅していないかというと、それに代わるコンセンサスが見つからないからだ。

雇用慣行が変化しようとしているのに、仕事や職業や就職に関するコンセンサスがそのままでは混乱が起こるに決まっている。競争社会が到来し、会社はそれまでの年功序列の賃金体系を止《や》め、能力主義・成果主義になるでしょう、と突然言われても、ほとんどの人は戸惑うばかりだろう。これまでの企業システムの中で過ごしてきた三十代以上のごく普通のサラリーマンは競争社会と言われても何のことかまったくイメージできないだろう。

四十代、五十代のほとんどのサラリーマンは、終身雇用と年功序列のシステムを信じて会社への忠誠心と愛着をモチベーションにして生きてきた。彼らのプライドは、大企業に勤め、一生勤め上げるというものだった。そういったシステムが根本から変化しようとしている。

若い人々は敏感だから、システムの変化を察知する。察知はするが、どう対応すればいいのかという教育がないので、フリーターという曖昧《あいまい》な立場を選んだり、ひきこもりというさらに閉塞的な選択をしたりする。教える側も、雇用慣行の変化に対応できていない。どうすればいいのかわからないのだ。

＊

終身雇用と年功序列を基本システムとした男性中心主義の社会が終わろうとしていて、それに代わる社会のイメージを持つことがむずかしい、それが今の状況だ。どういう社会になるのか不明だから、五十代、六十代の経営者や企業幹部は、自分が働いている間だけ会社が存続してくれればいいと「逃げ切り」を謀《はか》る。財務状況や経営体制は最悪で、今のままだと、この先十年、二十年、会社がつぶれずに生き残るとは考えられないが、とりあえず自分が退職するまでもってくれればいいと思っている。だから、会社の再生などという面倒なことは考えない。定年までサラリーをもらい、退職金をもらえればそのあとは会社がつぶれようが、残った若い社員が路頭に迷おうが関係ない。

銀行の不良債権がいっこうに減らないのは、経営陣が本気で手をつけると経営責任を取らされて自分の首が飛ぶからだ。せっかく取締役まで出世したのに、責任を取って退職金がもらえなくなるのなら、どんな衰退企業にでも追い貸しするだろう。彼にとってはきわめて合理的な行動だ。

やっかいなのは、政府がトップダウンで発想の転換を訴えても、明治の開国や、終戦後の民主化などとは違って、国民が一斉に何かを信奉すればそれで済むわけではないという点だ。つまり、これからは自立した個人が自己責任を負ってリスクに見合ったリターンを得る時代になります、とアナウンスしても、伝わらない。

校庭に生徒全員を集めて整列させ、右を向けと校長が怒鳴れば、いやいやながらでも生徒は右を向くだろう。受験勉強をしろと怒鳴れば、多くの生徒が従うかも知れない。だが、生徒全員に、これからは個人として自分で考えて生きなくてはいけないのだ、と怒鳴っても、彼らは混乱するだけだろう。自分の頭で考え自分で判断して決めろ、と「全体」に向かって怒鳴ってもムダだ。

あちこちで、「右向け右」というやり方で個性化を促すという矛盾が繰り広げられている。一人一人の個別の人間にアナウンスするにはどうすればいいのか、メディアも政府も知らない。そんなことはこれまでやったことがないからだ。政府には、二〇〇五年までに一千を越えるベンチャービジネスを立ち上げる、という構想があるらしい。そんなものを目標にしてどうするのだろう。

来《きた》るべき社会のイメージを示し、どういう人間が有利なのかをきちんとアナウンスして、そのための教育制度を整えれば、放っておいても一千や二千を越えるベンチャービジネスは起こる。

誤解されると困るが、わたしは終身雇用がすばらしいシステムだと思っているわけでも、構造改革や教育改革が間違いだと思っているわけでもない。ただ、終身雇用という雇用慣行がなくなればライフスタイルが変化してしまうという認識がないのは愚かなことだし、改革のアナウンスメントがフェアではないと思っているだけだ。異なったシステムや考えかたの枠組みの必要性をアナウンスするときに、これまでと同じ文脈内でそれをやっても効果が薄いということだ。

＊

来るべき社会のイメージを語るのはむずかしいだろう。これまでの日本社会ではほとんどタブーとなってきたことを告げるしかないからだ。中央政府にも地方にも、均一な社会を維持するだけの金がない。それだけは確かだ。したがって、これからは、教育も医療も介護もその他のサービスも格差が出ることになる。

貧乏な人はこれまでのようなサービスが受けられなくなります、というアナウンスは率直でわかりやすいが、今の日本ではタブーだ。これまで通りに社会的均一性を保つのは無理です、というアナウンスもタブーだ。日本的な均一性を犠牲にして効率を目指す改革を断行するという首相が、国民的な人気を得るというのは茶番だ。だが笑えない茶番だし、いずれ深刻な揺り戻しが来るだろう。

改革の痛みは全国民均一ではない

08/03/2001
17:54

　七月はずっと箱根にこもって書き下ろしを書いた。予定を一日オーバーしたが、完成させた。参院選の選挙の真っ最中だったが、隠者のように小説を書いていた。選挙の争点は構造改革とその痛みだったが、痛みを伴う改革を唱える自民党が圧勝した。

　痛みがあると告げて選挙に臨むのは前代未聞だ。国民の大多数が、今のままのやり方ではいけないと思ったのだろう。共産党は、消費税を三パーセントに引き下げるという公約を掲げたが、惨敗した。消費税が下がるくらいでは、国民の不安は解消しないということだ。

　だが、痛みの中身がわからない、という指摘も多かった。「痛みを伴う改革」の痛みとは何か、確かにわかりにくい。だがそれは痛みの中身が不明だからではない。国民全員で痛みを分け合うわけではないのに、まるで、痛みを少しずつ日本人全員で分かち合うような言い方がされているからだ。

　痛みの中身ははっきりしている。会社は潰《つぶ》れ、個人は失業する。失業者はそれまでの暮らしが断たれる。家を手放したり、子どもが私立校に行けなくなったりする。つまり生活の崩壊に晒《さら》される。他の痛みは、金とサービスだ。お金のない人は、低いサービスしか受けられなくなる。それ以外にはほとんど痛みというものはない。

しかし、政治家やメディアはそういう現実を伝える文脈を持っていない。痛みが全国民的なものだという前提があるからだ。すべての日本人が、二日間絶食するとか、すべての給与所得者の収入が一律で二割減になるとか、痛みをそういう風にイメージしようとするので、いつまで経《た》っても痛みの中身が明らかにならない。

これまでの日本を支えてきた一体感を阻害するので、「一部の人は人生の地獄を見て、他の人にはほとんど痛みも影響もない」というような伝え方ができないのだ。人生の地獄を見る人々は絶対に改革を受け入れないだろう。日本のためだからしょうがないと家を手放す人はいない。日本人全員が一律に家の一部分を壊すのだったら、これはこれでしょうがないと国民は納得するかも知れないが、一部の人たちだけが家を売らなければならないという事態には、日本人は耐えられないのではないだろうか。

*

職を失うとか、会社がなくなるとか、家を手放すとか、子どもを私大へやれなくなるとか、収入が激減するとか、天下りのポストがなくなるとか、そういったことを人間は決して受け入れない。はいわかりましたと納得する人はいない。死にものぐるいで抵抗する。ほとんどの戦争はそういうミもフタもない切実な原因で起こるのだ。だから、利権を持つ政治家や、予算を握ってきた官僚や、地方の土建屋や不動産屋、それに衰退企業など、改革の抵抗勢力が既得権益を自ら手放すことは絶対にない。彼らは死にものぐるいで抵抗する。彼らを説得するのは不可能だから、小泉内閣は、戦って彼ら抵抗勢力を粉砕しなければならない。

そのときに支えとなるのは世論しかない。世論を味方につけるために、内閣はテレビを重視したり、メールマガジンを発行したりしている。抵抗勢力の絶対数は全体の一割程度だろうが、彼らは重要なポストにいることが多いので、その力は侮《あなど》れない。

残り九割のうち、七割の支持を得ることができれば、改革は実現するだろう。しかし、改革の中身、改革のスピード、痛みの中身が、具体的にならない限り、イメージ先行の支持は薄れていく。そして前述したように痛みの中身が明らかになることはない。それは、これまでのような一体感を日本は維持できなくなった、というアナウンスメントができないからだ。

たとえば日本共産党と社民党など旧左翼政党は、弱者切り捨ての改革はごめんだ、というようなスローガンを掲げていた。弱者を特定することはできるだろうか。わたしたちは社会的弱者を定義できていない。ホームレスは社会的弱者だろうか。大企業をリストラされて再就職できない五十一歳の元部長は社会的弱者だろうか。中国製タオルによって仕事を奪われる四国のタオル業者は社会的弱者だろうか。社会的弱者についての論議をするのならば、社会的弱者を定義しなければならない。

だが、日本のメディアが社会的弱者を定義することはできないだろう。自分たちは社会的弱者などではないと怒り出す人々も出てくるかも知れない。それは、国民的な一体感を阻害し、国民的一体感の外へと弾き出されることを意味するからだ。

*

新しい書き下ろし小説のテーマは家族で、登場する家族はひきこもりの長男を抱えていた。ひきこもりは極端なモラトリアムだと言えるのかも知れない。国家や企業と個人を単純に比較するのは問題だが、ひきこもりは、日本という国や、巨額の負債を抱える企業や、不良債権を抱える銀行をある意味で象徴している。

ひきこもりが成立する条件として、経済的な余裕がなければならない。モラトリアム状態を維持するためには、蓄積された資産が不可欠だ。ひきこもりは親の援助なしには生活できない。自活するひきこもりは、もうひきこもりではない。日本には一四〇〇兆円の個人資産がある。その巨額の民間資産が七〇〇兆円に上る国と地方の財政赤字をヘッジしている。つまり、国債の金利が暴騰しないのは、国に徴税権があり、いつでも増税が可能だからだ。

特殊法人が生き長らえているのも、株式が紙くずになってしまっているゼネコンが生き長らえているのも、郵便貯金や、公的資金の投入という非常手段によってヘッジされているからだ。要するに、ひきこもりも衰退企業も銀行も、決断を先延ばしにして、閉塞的に延命を謀る余裕があるということになる。

ひきこもりは、他者との関わりを拒否しているが、衰退企業も銀行も、あるいは日本という国も、グローバルな市場から見放されつつあり、グローバルな市場との積極的なコミュニケーションを図ることができていない。たとえば、日本の大学教育を活性化させるためには、日本人学生・教授ができるだけ多く海外に留学・赴任し、できるだけ多くの海外留学生・教授が日本で学び、教えることしかないが、日本国内で論議されるのは、現在の大学のカリキュラムを変えることだとか、学生による教授の評価だとかそういった些末《さまつ》なことだ。

ほとんどのひきこもりはゆっくりと死に向かって進んでいると言える。他人との出会いを拒否しているからだ。ゆっくりと死に向かうのはひきこもりだけではない、という批判もあるかも知れない。もちろんひきこもりではない人も死に向かっていることには違いないが、他者との出会いだけが別の人生の可能性を与えてくれる。

わたしたちは他者と出会うだけで、別の人生の可能性に触れることができる。別の人生の可能性が、現在の自分の生き方の充実度を測る唯一の尺度になる。

構造改革で市場からの退出を迫られるはずの衰退企業も、ひきこもりと同じようにゆっくりと死に向かって進んでいる。有利子負債が巨額すぎてどれだけ利益があっても返済は不可能というような状態では、活気や根性や情熱のようなものはまったく役に立たない。

今、日本のサブカルチャーから活気とか情熱とか根性が消えつつある。根性漫画や熱血漫画はもう需要がない。必死に会社を再建しようとする熱血社員を主人公にしたテレビドラマも作れない。それは、既存のシステムの枠内では、いくらあがいても再生は不可能だとみんなが薄々気づいているからだ。

「日本を変える」とか「日本を再生する」とか、そういったことはもう無理だ。日本全体が大きく一斉に一律に変化することなどもうあり得ない。改革によって、日本は一体感を失い、個人はバラバラになって市場に放り出される。一人山奥に住んでタキギを集めて暮らしても、そのタキギの値段は市場が決めるのだ。

そういう状況では、集団単位でのセーフティネットを張るのは非常にむずかしい。だが、小泉内閣の支持は、改革によって自分が属する集団が守られるのではないかという幻想によって支えられている。改革は日本人をバラバラにするだろうが、非効率を改めるためにはさっさとやるしかない。そして抵抗勢力は必死の反撃を試みるだろう。ずっと個人として生きてきたわたしは、興味深く観戦しようと思う。

特殊法人の社員は底抜けに明るい

08/31/2001
0:52

八月末にこの原稿を書いているが、失業率が五パーセントの大台に乗り、株価の下落が止まらない。小泉首相は相変わらず「株価に一喜一憂しないで構造改革を進める」と同じことを言っている。わたしは株価に一喜一憂してくれとは思わないが、株価がなぜ下がっているのかという疑問に対する首相の判断を明らかにすべきだろう。株価の下落について首相がいつも同じコメントなのはなぜなのだろうか。

それは記者の質問のせいだと思う。記者の質問はテレビに映らないし、新聞にも載らないが、彼らは「株価が下がっていますがどうですか」というような質問をしているのだと思う。

「なぜ株価が下がっていると思いますか」

という質問だったら、株価に一喜一憂しないという答えはできない。

しかしいったいなぜ日経平均株価は下がり続けているのだろうか。乱暴に言えば、日本の企業がこの先利益を出すことができないだろうと市場が判断しているからだ。利益に関して良い材料が何もない。

八月二十九日に日経平均が一万一〇〇〇円を割り込んだときは、金融庁が発表した不良債権の処理のスケジュールのスピードが遅いと市場が判断したのだそうだ。ただし、不良債権処理を急ぐと倒産が増える。一つ明らかなのは、市場は利益だけを考えているので企業が倒産して大量の失業者が生まれることなんか考慮しないということだ。失業者が家のローンを払えなくなったり、子どもを学校に行かせることができなくなったり、夜逃げをしたり、自殺したりすることを市場は考慮しない。

銀行の株を保有する投資家は、何人自殺してもいいからできるだけ早く不良債権を処理して欲しいと思っているだろう。勘違いしないで欲しいが、だから市場に淘汰の基準を求めるのは間違っているとわたしが思っているわけではない。日本経済が泥沼に足を踏み入れているということを確認したいだけだ。

＊

要するに構造改革というのはこれまで官主導でやってきた経済運営を、ある程度まで市場に委《ゆだ》ねるということだ。そのためにできるだけ小さな政府を目指し、民間にできることは民間にまかせるということになる。だが当たり前のことだが、市場は失業者に考慮したりしないし、地方の荒廃にも無関心だ。市場は、構造改革の不徹底と遅れを嫌がって株価を下げている。どう転んでも日本政府は株価をコントロールできない。決定的なのは、借金だらけで政府に充分な金がないということだ。

個人や家庭と国家を同列に論じるのは無理があるが、個人も国家も金に余裕がないとできることが限られてしまう。財政的に余裕がなく、国債の暴落という緊急事態に常に晒されながら、デフレが進行する中で経済のストラクチャーを改革するのは大変なことだ。わたしは改革は中途半端に終わるだろうと思う。理由は、構造改革が必要だというはっきりした国民のコンセンサスがないからだ。

構造改革が実行されないとどういう状態になるのか、正確なアナウンスがほとんどない。構造改革が不成功に終わると日本は二流国に転落すると言われても、必死で近代化を進めてきて、一流国になったという実感などないのだから何のことだかわからない。税金が無駄に使われているといっても、とりあえずの暮らしができているのだから本当は誰も関心を払っていない。二流国に転落しても、これまでと変わらない暮らしができればそれで充分なのだ。

そういった庶民感覚は別に間違っているわけではない。自分の暮らしがこれまで通りに継続できるのなら、誰も変化を望まない。倒産するのは一部の企業で、失業するのは他の人、ほとんどの国民がそう思っていて、実際に自分の会社が潰れ、失業してみて初めて危機に遭遇することになる。

失業した瞬間に、あらゆる庇護が失われていることに気づくが、決定的に遅い。ある雑誌の企画で、ゼネコンや信託銀行という衰退業種で働く人と座談会を行なっているのだが、彼らには危機感や焦りはあっても具体的に将来のことをどう考えればいいのかという戦略はなかった。どうにかなるのではないかと思っているのだ。

就職するときは、会社に庇護されるという実感があるが、失業することや転職や再就職を考えるときには個人に戻らなくてはいけない。就職したらそれで生活が安定するという常識が長い間支配的で、それに代わる考え方が示されていないので、危機感を思考や行動に結びつけることができないのだ。第一、個人的な危機感を持つことそのものがこの社会ではタブーだった。この社会では個人的な危機感というのは集団や共同体の一体感を阻害するものだった。ある船が危険水域に進入しようとしているときに、そのことを誰かが発見して通報すると危機的状況が明らかになる。普通そういった行為は賞賛されるはずだが、日本の社会では違った。船は絶対に沈むことはないという幻想が機能していたからだ。

＊

そういったことをわたしはエッセイや小説で書き続けてきたが、先日特殊法人で働く二十代後半の若者二人と座談会をして、何というかあっけらかんとした絶望感を味わった。特殊法人の社員は唖然《あぜん》とするほど明るかった。おそらく彼らは優秀で、仕事も面白いのだろう。民営化しても全然困らないと言っていた。民間企業と競合してもやっていけるという自信を持っているようだった。

信じがたいことをいくつも聞いた。利益が出ていないなと思っていると、いつの間にか資本金が増えているのだそうだ。また会社のバランスシートを把握している人間が一人もいないのだという。どのくらい損をしてどのくらい儲《もう》かっているのか、誰も知らないということだった。さらにこの就職難の時代に、中途採用で人がたくさん入ってくるのだそうだ。官庁に有力なコネがあれば必ず入社できるらしい。

民営化とか廃止とか論議されているが不安はないのかと質問すると、そういう場合は法改正が必要なので改正案が国会に上がってから考えるつもりだという答えが返ってきた。こうやって書くと何とけしからん連中だと思う人もいるだろうが、当人たちは別に悪いことをやっているわけではなく、こういう会社はなんか変ですよね、みたいな健全な感覚さえ持っている。恐ろしいことだが、わたしは彼らを批判してもしょうがないと思う。彼らは実に合理的に生きている。要するに長い時間をかけて、確固たる役人の天国が出来上がってしまった。彼らはまったく屈託がなく明るかった。三十代や四十代の社員も同様に明るいらしい。

国家がバックにあって雇用不安がないと人はこれほど明るく生きられるのかと思った。つまり国家に守られているのだ。特殊法人は構造改革で目の敵《かたき》のようになっているが、所属している人々が悪人だというわけではない。おそらく特殊法人を作った人たちも悪人ではないだろう。戦後復興期の日本には必要だという思いでほとんどの特殊法人は作られた。それが時代とともに、一部分、あるいは大部分が官僚の権益を保障する砦になってしまった。

誰かが悪いわけではないが、メディアは「官僚の横暴を許すな」「既得権益の牙城を崩せ」というような文脈での批判しかできない。そういった批判は、特殊法人に所属する人々にとって恐《こわ》くも何ともない。そういった批判は世論のガス抜き以外には効果がない。

危機的状況にあるのだから構造改革で日本を救わなくてはならない、というような考え方では特殊法人が持つ既得権益を崩すことはできないだろう。既得権益を持つ人々を悪人扱いしてもしょうがないのだ。

日本は危機的状況にあるのではなく、単に転換点にあるのだと考えるべきではないかとわたしは思う。戦後の復興期や高度成長に見事にフィットしたパラダイムとシステムが時代に合わなくなり、非効率を生んでいるだけだと捉えたほうがわかりやすいし、どうして特殊法人の廃止や見直しや情報公開が必要なのかを伝えやすい。

誤解しないで欲しいが、わたしはいわゆる構造改革論者ではないし、市場原理主義者でもない。日本経済の再生や景気の回復を願っているわけでもない。ただ、特殊法人が象徴するものは日本の社会の隅々にまで浸透しているということを指摘したいだけだ。民間で対応できる特殊法人は数多くあるだろう。つまり不要だということだが、不要という意味では、たとえばほとんどの週刊誌だって要らない。今すぐになくなっても誰も困らない。現在の日本は、不要なモノと会社と集団と人であふれかえっているのではないかということだ。

テロと戦う…、でも、どうやって？

10/05/2001
19:19

アメリカの同時多発テロから一カ月が経とうとしているが、日本政府の対応がよくわからない。日本政府は何をしたいのだろうか。テロを撲滅する、あるいはテロと戦うと言っているが、いったいどうやって戦い、撲滅する気なのだろう。

今回のテロがやっかいなのは、単なる犯罪組織や集団、運動体ではないということだろう。首謀者とされているビンラディン氏はアフガニスタンのタリバンが匿《かくま》っているとされているが、イスラム原理主義はイスラム社会全体に広がっていて、テロリストはおそらく世界中に散らばっている。局地的なテロを行なってきたIRAや中南米の極左ゲリラ、それに欧州の、たとえば『赤い旅団』などとは違う。ビンラディンの信奉者は全世界にいると言われている。

『希望の国のエクソダス』という作品の取材でパキスタン北西辺境州からアフガニスタン国境まで行ったとき、イスラマバードやペシャワールの街角で、ビンラディン氏のポスターや

Tシャツをごく普通に見かけた。オサマ電気店や、オサマ理髪店、それにオサマ食堂などもあった。ビンラディン氏と彼の組織アルカイーダは、ブッシュ大統領の「これは戦争だ」の一言で、文明社会全体の敵となってしまったが、ある人々にとっては紛れもない英雄なのだ。

*

誤解されると困るのだが、わたしはテロを支持しているわけではない。また、報復戦争は人道に反すると言いたいわけでもない。ただ、ろくに敵のことを知らずに、戦うことができるのだろうかと思うだけだ。それでもアメリカはものすごい量の情報を集めているのだろう。

日本は自衛隊による人道援助的な後方活動を行ないたいらしいが、パキスタンの北西辺境州やアフガニスタンの情報をどの程度持っているのだろうか。

難民救済の国際機関の友人に聞いた話だが、難民を援助救済するのは簡単ではないらしい。ゲリラが紛れ込んでいる場合もあるし、どういう立場で難民と接するのかが常に問題になるのだそうだ。つまり援助部隊が、「中立」だということを難民が認識しなければ危険らしい。明らかに敵の支援部隊だと思われる軍隊が救援に現われると、難民たちは反撃に出ることもあるそうだ。

北西辺境州のパシュトゥーン族は、少年さえもカラシニコフを肩から下げていた。ペシャワールのアフガン難民のキャンプの露店では、兵器・武器を売るショップをいくつも見かけた。ちょうど東京にコンビニが点在するように、ごく普通に武器屋がいくつも並んでいた。カラシニコフや拳銃、軽機関銃、さまざまな種類の手榴弾、それにロケットランチャーまでが店頭に並べられていた。

難民救済では、長い時間をかけて自分たちが「中立」であることを難民に認識させなければいけないのだそうだ。予測されている報復行動では、日本ははっきりとアメリカ側だ。アフガンの難民たちはタリバンの圧政に耐えかねて逃げ出してくるわけではない。アメリカの攻撃を避けるために自国を逃げ出すのだ。アメリカのことが大好きな人々ではない。そういう難民たちが、アメリカの味方である自衛隊を「中立」だと思うのは無理があるのではないか。

＊

日本政府は、日本に何を望むのかとアメリカ政府に聞いたのだろうか。イギリスのブレアはテロのあとすぐにワシントンに入り、まずアメリカの意向を確かめた。そのあとすぐに共闘の意志を示し、特殊部隊を現地に送り込んでいる。ブレアはパキスタンに行き、ムシャラフとも会うらしい。現在の焦点はパキスタンだということをはっきりと認識しているのだ。

パキスタンは非常に困った立場にいる。パキスタンがタリバン政権を承認しているのは、パキスタン内にイスラム原理主義者が多くいるからで、彼らが政府から離反すれば政権の基盤が揺らぎ、カシミール問題で対立が続くインドに対抗できなくなる。

現政権はアメリカ寄りだという国民の不満から暴動が起これば、インドがカシミールに侵攻するだろう。そのあとパキスタンに、タカ派の軍事政権が生まれてインドに核爆弾を撃ち込んだりすると、世界は一挙に破滅モードに移行する。テロの撲滅などといった話ではなくなる。

もちろんブレアはそれらのことを知った上で、焦点となっているパキスタンに赴き、今回の軍事行動のキャスティングボートを握ろうとしているのだ。共に軍事行動を行なっていても、イギリスがアメリカの属国であるというイメージはない。ブレアは属国というイメージを極力避け、同盟国という立場を全世界に示すために、迅速で積極的な外交を行なった。

ブレアの優れた点はすぐにアメリカに行ったことだ。なぜテロの直後にブレアはアメリカに行ったのか。それはアメリカの今後の報復がどのようなものになるのか、アメリカはイギリスに何を望むのか、そしてイギリスはどのような形の共同行動が可能かという情報を得に行ったのだと思う。

他国や他人に協力したいと思うならば、その国や人が何をしようとしているのか、また何を望んでいるのかについて正確な情報がなければならない。当たり前のことだが、彼が望むことを知らなければ、彼に対し協力することはできない。

だが日本社会にはそういうコンセンサスが希薄だ。

「あなたはわたしに何をして欲しいのですか」

という質問は、日本社会では開き直った態度になってしまう。直接相手に問うのではなく、「相手の意を汲《く》んで」何事かを行なうのが美徳になっている。それは国内的に風習や習慣が比較的均一的だったせいもあるだろう。

また、支援や協力というのは、その実効性よりも、それがいかに自己犠牲的だったかで評価されがちだ。実際的な手伝いの内容よりも、日曜日・休日を返上して上司の引っ越しの手伝いに行ったということで、部下の忠誠心が計られる。したがってこれまでの日本社会における支援や協力というのは、自己犠牲とほぼ同義語だった。何をやったかよりも、いかに自分を犠牲にしたかが問われてきたのだ。

同様の文脈から、日本政府はアメリカに対し、いかにして自己犠牲を示すかに腐心しているように見える。時限立法で憲法の枠を外し、ぎりぎりの自己犠牲を払う意志があることをアメリカに示そうとしているように思える。だが、そのことがアメリカにどう伝わるかはまた別の問題だ。

＊

同時多発テロのあと日本政府の対応が同盟国のものではなく、属国のように感じられてしまうのは、何をして欲しいのかとアメリカに対し率直に聞いた痕跡がないからだ。

「旗を見せてくれ」とアメリカ側は言ったらしい。それはアメリカの価値観に賛同し、イスラム過激派のテロと戦いそれを撲滅する陣営の一員だとはっきり示してくれという意味だろう。それにはアメリカの価値観に賛同し、その陣営につくのならば、どうすればもっとも効果的にそれが可能なのかを検討しなくてはならない。

誤解されると困るが、わたしは日本はアメリカのためにできるだけの軍事協力をすべきだと考えているわけではない。軍事協力をしたいと思っているのならば、どういう方法がもっとも効果的かをもっと考えた方がいいのではないかと思っているだけだ。自己犠牲の量だけでは、文脈の違う相手には誠意が届かないからだ。まずアメリカがどういう行動をとろうとしているのかを知るべきだ。

パシュトゥーン人は道を譲らない

11/05/2001
16:36

同時多発テロへの軍事報復の空爆が続いているが、タリバンの内部分裂の兆しは見えない。空爆によってタリバンの統率が乱れることをアメリカは期待したと思う。攻撃されることによって内部分裂する国家や集団や政党を、アメリカは多く見てきた。ユーゴ、旧南ベトナムやカンボジア、ラオス、パナマ、ニカラグア、エルサルバドル、ソマリアなど数え切れない。それらの多くは腐敗した独裁政権だった。アメリカはタリバンもそういった政権だと思っていたのだろうか。

今回の同時多発テロとその後の軍事報復は、さまざまな問題を露わにした。その一つは、問題の全体を自分たちの世界観で理解してしまう、ということではないかと思う。もちろん日本もその例外ではないし、閉鎖的な文化の国・日本ではその傾向は他より強いかも知れない。

典型的だと思ったのは、九・一一のテロの直後、雑誌文藝春秋が別冊増刊号を出したのだが、そのタイトルが『これは戦争だ』というものだった。あの時点でのそのタイトルは適当なものだっただろうか。確か、ブッシュが最初の議会演説でその言葉を使った。文藝春秋編集部はそれをそのまま使ったのだろうか。アメリカの大統領がそう言っているのだから間違いないだろうと思ったのだろうか。

あのときの、War という英語のニュアンスだが、「戦争」ではなく「戦い」に近いものではなかったのかとその後よく話題になった。『これは戦争だ』という別冊増刊号のタイトルは、おそらくブッシュが言ったからというわけではなく、扇情的に危機感を煽《あお》ってたくさん雑誌を売ろうということだったと思う。たくさん雑誌を売ろうという姿勢は間違っていない。「保守的であるが時代に迎合はしない」というような文藝春秋のポリシーは、わたしと一致するわけではない。だがオピニオン雑誌の衰退が激しく、ほとんど全滅状態に近い状況でよく健闘していると思う。別に連載小説を書いたことがあって、芥川賞選考委員だからという理由からではなく、わたしは文藝春秋に敬意を払っている。

だが『これは戦争だ』というタイトルはまったくフォーカスのずれたものだった。そこには、「この事態を戦争と呼んでしまうと重要な視点を失うかも知れない」という危機感がなかった。日米総力特集と銘打っているが、ほとんどの執筆者が日本人だった。そして自らの文化・価値観で事態を推測するという姿勢によって編集されていた。「日本から見たテロとアメリカ」なのだ。

わたしは文藝春秋を批判しているわけではない。程度の差はあっても、九・一一のテロ以降日本のメディアは、日本からの視点で報道を続けた。それは、間違っているというわけでもないし、能力がないというわけでもない。文脈として、それ以外の視点を持っていないだけだ。メディアだけではなく、政府の反応も「日本の視点」に終始した。

＊

今回のテロとその軍事報復に関するさまざまな意見と指摘は、結果として、その人の世界観が露わになることになった。またその人の世界観がどのような実体験から形作られているかも露わにした。つまり、アメリカが代表する冷戦後の先進資本主義とどのようなスタンスをとっているのか、また先進資本主義から見放された世界の情報と知識をどの程度実感として持っているかが露呈することになった。

その世界観が違えば、たとえばタリバンという政治・軍事組織への評価が最初から違ってしまう。公開処刑を実施し、世界遺産を破壊したというだけで、ほとんどの人々にとってタリバンは無法集団に見える。もともと無法状態で治安がなかったときにタリバンが現われ、とりあえずの治安を回復した、というイメージを持つことは不可能だ。

多くの人が、自分の世界観の範囲で事態を理解しようとする。奇妙なことなのか、当然のことなのか、おそらくその両方なのだろうが、多くの人は、五〇メートルおきに飲み物の自動販売機があるのは日本だけだという事実をうまくイメージできない。これまで一緒にキューバを旅した友人たちは、夏でも外出の際に水を持って出なかった。わたしが通い始めた頃のキューバは、自動販売機はおろか、飲み物を売る店もなかった。今でもハバナを一歩出ると、何も飲み物がない状態になる。日本で、喉が渇いたときに飲み物が手に入らないという状態をイメージするのは簡単ではない。

また多くの人は、その街でもっとも恐いのは警察だという国をイメージできない。暗がりで、警察官から呼び止められ銃を向けられて金を脅し取られたことのない人はそういったイメージを持てないのだ。そういったイメージを持てない人は、たとえばタリバンがアフガニスタンに現われたときの状況を想像することができないだろう。

『希望の国のエクソダス』という作品のための取材で、パキスタンのイスラマバードからペシャワール、最終的にはアフガニスタンとの国境のカイバル峠まで行った。そのとき見聞きしたことについては先月号にも少し書いたが、印象に残っているのはパキスタン北西部の人々の運転の仕方だ。

首都のイスラマバードからペシャワールまで、インダス川を越える素晴らしい景観が続く。道は途中から片側一車線になり、前方を遅い車が走っていると全車が猛然と追い抜きにかかる。当然、反対側車線を越えて追い抜くわけだが、そのまま走ると当然対向車と正面衝突となる。わたしが驚いたのは、彼らが衝突寸前まで道を譲らないことだ。

わたしたちは六人乗りのワゴンで走っていて、五十代のパキスタン人のドライバーが運転していた。すぐ前をたとえば材木を積んだトラックが走っていたとする。ドライバーは当然のことのようにすぐに反対車線に出て、トラックを追い抜こうとする。前方には対向車が走ってくる。わたしたちのワゴンはアクセルを底まで踏み込んでいるが、トラックのほうもスピードを落とさないので、なかなか抜き去ることができない。そのうち前方の対向車が迫ってきて、激しくクラクションを鳴らす。どちらも意地になっているかのように譲らない。わたしたちのワゴンも、ワゴンが追い抜こうとしているトラックも、対向車も全然スピードを緩めようとしない。

なんだこいつらは、と思って、最初は面白がっていたが、本当に衝突寸前になって、止めてくれ、と叫んで目を閉じると、わたしたちのワゴンがスピードを緩め、本来の車線に戻って衝突が回避された。しかし二分後にはまたすぐにワゴンは反対車線に出て、再び追い抜きを開始する。ひどい場合には対向車線にも追い抜こうとしている車がいて、片側一車線の道路をそれぞれ四台の車両が全速で走ることもあった。どんな場合にも、彼らは衝突寸前までスピードを緩めない。

　度胸がない運転手は、永遠に前の車を追い抜けないのだとパキスタン人のドライバーはわたしに言った。いったいそんな運転にどういう意味があるのかまったくわからないが、要するにパキスタンの北西部ではそういう運転が普通なのだ。そうやってまるで肝試しのようなドライブが続いているとき、すべての車が一斉にスピードを落とし脇道に寄ったときがあった。救急車かパトカーでも来たのかと思うと、武装したムジャヒディン（パシュトゥーンの戦士）を荷台に満載したトラックがものすごいスピードで道路の真ん中を走り抜けていった。ムジャヒディンの持つカラシニコフやロケットランチャーがまるで黒い樹木のようにトラックの荷台で屹立《きつりつ》していた。ドライバーに聞くと、ムジャヒディンには道を空けないと、時に発砲されるので危険なのだそうだ。

　そういったことがパキスタン人の精神性をどの程度象徴しているのかは不明だ。だが今回のアメリカの軍事報復におけるパキスタン政府やアフガン内部の各勢力の対応を見ていて、わたしはパキスタン北西部でのその体験を思い出した。ＣＮＮで、タリバンや北部同盟や反タリバンのパシュトゥーン人などを見ていて、この人たちは正面衝突寸前まで絶対に道を譲らないだろうと思ったのだった。

ＣＮＮではタリバンの保護と案内によるタリバン制圧地区からのレポートがある。日本メディアの特派員はペシャワールやイスラマバードや、北部同盟の制圧地区にしかいない。軍事報復に関する日本のあらゆるニュースは、おもにアメリカの放送局とアルジャジーラを経由したものだ。そのことが奇妙な閉塞感を生んでいるが、それに言及する人はほとんどいない。

戦争報道で試される想像力

12/03/2001
1:20

アフガニスタン戦争のニュース映像はわたしたちの想像力を試す。マザリシャリフ近郊の北部同盟支配地域でタリバンの捕虜が蜂起した。その周辺にはメディアがたくさんいたらしく、かなり多くの映像が流れたが、その中に、「映すな」という英語が聞こえてくるものがあった。カメラの被写体となっているのはアメリカ軍の兵士だったと思うが、「アメリカ軍の兵士が負傷したんだ。撮るんじゃない」というようなことを言っていた。そして最後に、「カメラを向けるのを止めないと撃つぞ」と脅した。カメラマンはその脅しに屈した。

アメリカの海兵隊が地上戦に参加するようになって、ＣＮＮやＢＢＣでも戦闘地域の映像が減ったような気がする。カンダハル近郊の戦闘はほとんど映像として見ることができない。北部同盟はメディアの帯同を許可していたので、アフガニスタン北部からカブールまでの映像は豊富だった。特にタリバンが放棄したあとのカブールの町や人々を紹介するさまざまな映像は何度も何度も流された。

タリバンによって禁止されていた凧揚げ、ブルカを外した女性、ひげを剃る男性、そして復活した映画館などの映像が繰り返し紹介された。カブールにいる国連難民高等弁務官の友人のメールによると、カブールは現在北部同盟内のさまざまな軍事勢力によって守られているらしい。首都を支配下に置くことの政治的な意味は大きいので、北部同盟としてはとにかくカブールの治安だけは何としても維持しているということになる。だがもちろん、カブールを一歩出ると無法地帯だ。

ニュース映像で「平和が訪れたカブールの街」を繰り返し見せられると、タリバン制圧はすでにほとんど終わってしまったかのような印象を持ってしまう。タリバン後の新しい政権のための会議もドイツで始まった。カンダハル近辺での戦闘が終われば、アフガニスタンがタリバンの支配を脱して新しく生まれ変わるのだろうとほとんどの人が思っているように見える。というか、誰もがそう思いたいので、メディアはそういう「物語」に沿ってニュースを作っているのではないだろうか。

わたしはアフガニスタン情勢について独自の情報を持っているわけではない。わたしは、カンダハルでの戦闘についても、カブールの外の状況や、主要都市をつなぐ幹線道路の治安についても何も知らない。だが、そんなに簡単に治安と平和が訪れるのだろうかという疑問を持っている。少年たちが凧揚げができるのは、カブールの中だけではないかという疑いを持っているだけだ。忘れてはいけないのは、たとえばカンボジアで内戦終結のあとにポルポトによる大量の虐殺が起こったというような歴史的事実だ。

＊

日本政府はほとんど無条件にアメリカの軍事行動を支持し、後方軍事支援を決めた。日本政府のそういった選択が正しかったのか、間違っていたのかは、いずれわかるときが来るだろう。だが、政府の決定に「アメリカ政府への追従」という姿勢が見えてしまったのは隠しようのない事実ではないかと思う。日本政府の対応というのは、いかにしてアメリカ政府に満足してもらうか、というコンセプトのもとに決定されたと言っていい。

わたしたちは暗黙のうちにそのことに気づいている。勘違いされると困るが、わたしは日本政府の対応を批判しているわけではない。アメリカは超大国だから、追随・追従するのも外交の重要な選択肢の一つだからだ。アメリカとの良好な関係を失ってしまうと、これまでとは違う多大なコストを払わなければならなくなるかも知れない。

だが、ほとんど無条件に超大国に追随した自分の国の政府に対し、複雑な思いを持つのもまた当然の感情だ。世界的な経済大国でありながら、一方的にアメリカに従い、主体性を発揮しようとしない日本政府に対し、ナショナリストでなくても、プライドを傷つけられたと感じた日本人は少なくなかったのではないか。繰り返すが、わたしは日本政府の対応が間違っていたと言っているわけではない。ただ、間違いなく主体性とプライドに関わる選択だったと思っているだけだ。

日本政府の対応は、アメリカが超大国で、どんな国もアメリカに実力で対抗することはできないという前提に立っている。ある意味で、タリバンの崩壊はそういった前提を証明するものだ。アメリカの空爆によって、あっという間にタリバンはアフガニスタン全土で崩壊し、首都のカブールでは凧揚げと映画館が復活した。そういう理解は、傷ついたプライドを幾分補修してくれる。どの国も反抗できない超大国であるアメリカが軍事行動を起こしたら、あっという間にタリバンは崩壊し、カブールには凧揚げと映画鑑賞の自由が戻った。だからわたしたちの政府のアメリカ追随の対応と外交は正しかったし、他に選択の余地はなかった。そういう風に思うことができる。

*

日本のメディアが、アメリカに追随した日本政府の正当性をなぞるようにアフガニスタン情勢を報道しているとわたしが思っているわけではない。日本政府の対応が間違っていたことを証明するかのようにアフガニスタン情勢がもっと不安定になればいいと思っているわけでもない。メディアの報道がアメリカ偏重だと考えているわけでもない。ただ、わたしたちは、アメリカに追随したわたしたちの政府の選択はしょうがないものだったというバイアスをかけて、アフガニスタン情勢に関するメディア報道を受け入れてしまう傾向と危険性があるのではないかと思っているだけだ。

カブールの外と、主要都市をつなぐ幹線道路、そしてアフガニスタンの大部分を占める山岳地帯の村々には北部同盟のコントロールが及んでいないとすれば、状況は少し面倒になる。超大国アメリカの空爆と海兵隊の投入でビンラディンとアルカイーダが捕捉され、アフガニスタン情勢は安定するはずだという前提と期待が崩れるかも知れないからだ。

カブールの映画館が復活したというニュース映像を見て、どういう風に考えたらいいのだろうか。ひょっとしたらカブールの外は、メディアが取材できないほど権力の空白状態が生じているのではないかと想像するのか、それとも首都のカブールで映画館が復活するくらいだからタリバンが崩壊してアフガニスタンに自由と平和がもたらされるのだろうと思うのか。両者は天と地ほど違うが、どちらがより受け入れがたいだろうか。わたしたちには、受け入れがたい想像を回避するという本能のようなものが備わっている。

受け入れがたい想像のことをわたしたちは不安と呼んでいる。不安に支配されてしまうとわたしたちは精神的安定を失うが、不安をすべて排除してしまうと危機感を持てなくなる。日本では、どこを見ても不安にならざるを得ないという社会状況が続いている。もっとも大きな不安は雇用だ。リストラは加速しているし、リストラができるのはまだ体力のある企業だという指摘もある。要するに、希望退職者に一時金を出せない企業は、今後の不良債権処理の過程で市場から退出を迫られるというわけだ。

雇用不安というのは生活に直結しているのでやっかいだ。いつ職を奪われるかわからない国民は当然消費を控える。個人消費は減退し、売り上げは落ち、設備投資も減る。財政は大赤字で政府には充分な雇用対策を行なう資金がない。リストラを逃れても、賃金はほとんど上がらないどころか、むしろ下がっている会社が多い。国民保険も年金もパンクしそうだし、現在のような社会保障をいつまで続けられるかもわからない。

どこを見ても不安だらけだ。だから、多くの人がこれ以上の不安はかんべんして欲しいと思っている。そういった状況で、同時多発テロが起き、アメリカはアフガニスタンに対して軍事行動を起こした。多くの日本人が、どうしてアフガニスタンのような遠い国に関することで不安と危機感を持たなければいけないのか、と苛立っているようだ。だから超大国であるアメリカのやることに疑いを持ちたくないし、アメリカに追随する日本政府の選択肢を吟味することなどしたくないのだろう。

これ以上、外の世界まで不安定になることには耐えられない、多くの人がそう思っているようだ。だが、アメリカと日本の選択肢のリスクとコストがどのくらいなのか、わかっている人は誰もいないのではないかと、わたしは思っている。

もう小説を書かなくても済むという思い

12/23/2001
18:46

二〇〇一年は『最後の家族』という書き下ろしとそのテレビドラマ化が結局メインの仕事だった。その他にもいろいろと仕事をしたが、その家族の小説とドラマが二〇〇一年を代表することになるだろう。別に一年を区切って代表する仕事を決めなくてもいいのだが、『最後の家族』には妙な思い入れがある。思い入れの中でもっとも印象深いのは、単行本が思ったよりも売れなかったということだ。初版の十万部をいまだに売り切っていない。同じようにひきこもりを描いた『共生虫』という非常に暗い作品でさえ十万部は楽にクリアした。

『最後の家族』が売れなかった理由としてはいくつか考えられる。まず九・一一のテロの影響だ。あの同時多発テロは日本の現実を分断した。九〇年代を通してずっと問われ続けていた日本の問題を曖昧にした。具体的に言うと、経済構造改革、ひきこもりやドメスティックバイオレンスなどの社会的な問題、親子や夫婦や家族の問題などが、テロによって一瞬どうでもいいことのように錯覚されてしまうことになった。『最後の家族』にはさまざまな問題が織り込まれているが、それらはテロによって目立たなくなってしまった。

単行本が売れなかったもう一つの大きな理由は、テレビドラマ化そのものだろう。テレビの連ドラになったことで、『最後の家族』というタイトルの認知度は上がったが、テレビドラマを見る人と本を買う人がシンクロしなかったのだろう。テレビの視聴率は最高で九パーセント強、平均で八といったところだった。テロの影響で各局の連ドラがすべてレーティングを下げ、局がテレビ朝日だったことを考えると、それほど悪い数字ではないと思う。

それで結局、『最後の家族』という作品で伝えようと思ったことが伝わったかというとそれは何とも言えない。企画が成功したかと言えばそれもわからない。だが少なくとも単行本が売れなかったというのは、プロジェクトの部分的失敗例としてわたしの記憶に残ると思う。だが、もちろんプロジェクトを実行したことを後悔しているわけではない。このプロジェクトをやったことでわかったことがたくさんあったし、テレビドラマはわたしの好きなテイストになっていて、小説だけで発表するよりもはるかに多くの人が作品に触れたからだ。

『最後の家族』という作品のもう一つの特徴は、インタビュー取材が信じられないほど疲れるものだったということだ。そういった傾向は昔からずっとあったが、一昨年の『希望の国のエクソダス』くらいから、取材に訪れるインタビュアーとの基本的な認識のズレが目立つようになった。話が噛み合わないことが多かったし、インタビュー原稿をあとで訂正するのがこんなに大変だったことはない。あまりに大変だったので、これは何か重大な問題が潜んでいるのではないかと思った。

＊

『最後の家族』という作品は、家族がその求心力を失うことでハッピーエンドを呼び寄せるという、これまでのドラマとは違う構造になっている。これまで日本社会にあったほとんどの作品は、家族・夫婦・恋人・親子・兄弟、あるいは他の、会社や地域社会や学校などの「共同体」の結束や求心力が薄れて悲劇を呼び寄せ、求心力が戻って悲劇が回避されるという構造を持っていたと思う。

体制側にも反体制側にもフラクタルに共同体は存在し、その求心力の強度が常に問われていた。最近、連合赤軍の浅間山荘事件が映画化されたが、あの事件にしても要するに共同体の求心力を内部粛清によって保つという旧来のドラマツルギーによるものだった。オウム真理教のテロも、外部への攻撃によって共同体の求心力を保つという構造を持っていた。

わたしはそういった構造にほとほと飽きて、一昨年は中学生の集団不登校を、それに昨年は家族の一家離散とその結果としてのハッピーエンドという物語を描いたのだった。『最後の家族』という作品を書いた直後、この作品がたとえばミリオンセラーになったりしたら、自分は小説を書くモチベーションを失うのではないかという危機感と期待を持った。表現は常に社会とのギャップによって生まれる。日本社会が自立という概念を共有したら、わたしは書くことがなくなってしまうのではないかと一瞬そういう不安と期待を持ったのだった。

そういう思いは、杞憂《きゆう》というか、期待はずれに終わった。日本社会はいまだに自立を拒否している、ということがわかって、それは単行本の売り上げが十万に満たなかったということではなく、インタビュー取材での疲労が著しかったということで、わたしに刷り込まれた。

＊

自立という概念は、いまだにこの社会に存在しないだけではなく、忌み嫌われている。たとえば、政府と自治体、財務省と銀行、銀行と企業などの関係を見ても明らかだ。地方自治という言葉はあるが、政府からの交付税還付金や補助金なしで地方行政を運営できている自治体はない。銀行からの借り入れゼロ、または銀行に自社株を買ってもらうことなく利益を上げている日本企業はまだ少数だ。公的資金の注入なしで不良債権を処理できる銀行がいったいいくつあるだろうか。

いまだに個人という社会的概念はなく、集団から排斥されて初めて個人が抽出される。つまり個人は最初からネガティブなものであり、集団と対立している。言うまでもなく個人は集団の構成要素で、集団の利益と最初から対立するものではない。

同じように、自立には、集団から離脱するというイメージがある。『最後の家族』では確かに一家離散と自立がセットになっていたが、一家離散がなければ家族の成員が自立できないというわけではない。ただ、家や家族の求心力が強くて自立を阻害する場合に限って、一家離散が有効になるに過ぎない。この社会で、自立というのはまるで出家と似たようなニュアンスで語られることがある。

もたれ合いや相互依存が基盤となっている社会では、自立は不吉なこととして、あるいは特別なこととして語られる。社会や家族が何か内包している大切なものがあって、自立はその何かと対立するかのように語られてしまう。

「これまでとは違って、これからは自立しないと、個人も会社もやっていけないということですよね？」

みたいなことをインタビューではよく聞かれた。変わらなければ何も生まれないということですよね？　という質問も必ず聞かれた。自立、あるいは変化、というのは必ず具体性を帯びているはずなのに、何によって自立するか、どう変わるかは問われることがない。会社が銀行の庇護を離れて自立するためには、何かで利益を出し、借金を返さなければならない。個人の自立は、何らかの経済力によって初めて可能になる。

自立のための変化には必ず具体性がなければならないが、インタビュー原稿では必ずその部分は省略される。というか、インタビュアーがそういった概念を持っていない。

「これまでと同じではダメなんだ。個人も企業も変わらなければいけないんだ」

という呪文だけがえんえんと繰り返される。それは奇妙な閉塞感を伴っている。インタビュアーがわたしに、自立が必要なんですよね、と聞き、そうです、とわたしが答えて、それが新聞や雑誌で記事になり、自立が必要なんだ、という記事を読者が読んで、その閉塞した輪が閉じられる。そういったインタビュー記事を読んで、自立に向かう人はいない。

自立というのは、逆説的だが、自立しなければいけないという一般論とはまったく別の文脈でしか成立しない。自立という一般的な概念は、何によって、という具体性のあとで、結果として生まれるものだ。そういったねじれがメディアを被《おお》っている限り、わたしが小説を書くモチベーションをなくすことはない。むしろ『最後の家族』を書くことで、自分と社会とのギャップやねじれがさらによく見えるようになった。

まあ、二〇〇二年も、今後も、小説を書いていくことになりそうだ。

カルザイが象徴するもの

01/30/2002
1:12

日本経済・社会はますます袋小路に入りつつあるように見える。構造改革は進んでいるのかどうかはっきりしないし、失業率は高止まったままで、株価も一万円すれすれのところで行き来して、国債の暴落や円資金の海外逃避まで囁かれるようになった。医療ミスや警察の不祥事はあとを絶たず、雪印食品の不正事件には誰もが唖然とした。東村山では中学生たちがホームレスを殴り殺し、大人たちは例によって必死になって命の大切さを説いているらしい。

しかし、日本経済・社会が本当に袋小路に入っているのか、わたしには疑わしい。現状や事件をこれまでの文脈でしか捉えられないメディアの影響もあるのではないだろうか。医療ミスや警察の不祥事はどうやって発覚しているのだろうか。あるいは雪印食品の不正はどうやって判明したのだろうか。被害者の訴えと内部告発ではないのか。ひょっとしたら、昔にもそのようなミスや不祥事は山ほどあって、被害者が泣き寝入りしたり、内部告発がなされず、単に報道されなかっただけなのかも知れない。ハンセン氏病患者の受けた苦痛の大半は、国民の多くが無知だったことに依《よ》っていると思う。

病院や企業や官庁や行政のミスや不祥事が、昔よりもディスクローズされているから目立つのではないかと考えれば、日本社会は昔より良くなっているという視点に立つこともできる。勘違いしないで欲しいのだが、わたしはミスや不祥事に寛大になれと言いたいわけではない。

「どうしてこんなことが起こるのでしょうか。いったい日本はどうなってしまったのでしょうか」

みたいな言い方は違うのではないかと思っているだけだ。医療ミスにしろ、警察や企業の不祥事にしろ、それらが完全に社会からなくなることはないだろう。ずるいことや悪いことをする人間がゼロになることはない。だから、どうしてこんな社会になってしまったのかと嘆くだけではなく、そういったミスや不祥事がオープンにされていることにも注意を払うべきではないだろうか。

＊

三月の決算期末を控えて、金融不安が囁かれるようになったが、まさかすべての銀行が潰れるようなことはないだろう。戦前の大恐慌のときだって、多くの銀行が生き残った。いったい金融不安というのはどういうことを言うのだろうか。信組や信金、そして多くの地方銀行といくつかの都市銀行が潰れ、当然連鎖的に多くの企業が倒産し、債務不履行に陥る地方自治体が続出し、円と国債と株価が暴落し、失業者が大量にあふれるというようなことだろう。

しかし、どうしてそのようなことが起こるのか。本来とっくに潰れている企業や銀行がどういうわけか潰れていないということではないのだろうか。本来なら潰れているはずの企業や銀行はどうして潰れていないのか。それは誰かから助けてもらっているからだ。企業は銀行の追い貸しや債権放棄によって、銀行は公的資金、つまり税金によってかろうじて破綻を免れているに過ぎない。金融不安を政府が防ぐということは、そういった破綻を先送りするという以外に、何かポジティブな意味合いがあるのだろうか。

どうせ潰れるんだったら、早く潰したほうがいいとわたしは思う。潰れる会社や銀行から若い労働者が逃げ出せるからだ。現在、非常に多くの企業や銀行で中高年の経営陣が逃げ切りを謀っている。彼らは、あと数年会社が保ってくれれば退職金を手にして、さようならすることができる。そういう経営陣は今さら会社の業績を上げようなどとは思わないから、新しい経営のビジョンを掲げたり、効率化を図ったり、事業の統一や再編に力を注ごうというインセンティブがない。

そんなことをしたって彼らには何の利益もない。失敗したら責任を取らなくてはならない。今まで上司におべっかを使い、目立ったミスなく勤め上げてきて、やっとの思いで勝ち取ったポストなのだ。あえて冒険しようなどという人間が経営陣にいるわけがない。そんな人間は絶対にそういうポストには就けない。彼らの願いはただ一つ、会社があと数年保ってくれることだけだ。中堅から大企業、都市銀行やその支店など規模の大きい会社は、社会的影響が大きいという便利な常識があるので簡単には潰れない。

要するに、莫大な債務を抱え、バランスシート上絶対に利益を上げられないようないわゆる衰退業種の衰退企業では、経営陣と取引銀行の利害が一致して、ただひたすらに逃げ切りが謀られているわけだが、それは彼らにとっては経済合理性にかなっている。金融庁は、信金や信組、地銀や都市銀行などへ厳格な資産査定を要求しているらしい。だが、厳格な資産査定など経営陣がやりたがるわけがない。厳格な資産査定をやったところで、あと数年すれば逃げ切れる彼らにどういう利益があるというのか。厳格な資産査定だろうが、バランスシートの公開だろうが、経営の立て直しだろうが、あと数年しか会社にいない人間がそんなことに魅力を感じるわけがない。

喜んでそれらを行なう人間が経営者になり、経営陣に加わるべきだ。それは三十代、四十代の若手で、しかも銀行や会社を建て直したら莫大なボーナスを手にできるというようなインセンティブが必要になるだろう。しかし逃げ切ろうとする現経営陣がそんな人材をこの時期に登用するわけがない。下手を打つと経営責任を追及され退職金ももらえなくなる。

だからそういう会社はできるだけ早く潰れたほうがいい。そういう会社が潰れ、そういう会社で逃げ切ることしか考えていない無能な中高年がクビになり、若い新鮮な労働力が市場に開放される。潰れるところは潰れ、放出された人材が起業したり、新しい企業に吸収されたりして、あらゆる産業で新陳代謝が起こる。メディアが金融不安と呼んでいるものは実はそういうことなのではないのだろうか。つまり、金融不安と経済の活性化は本当はセットになっているのではないだろうか。

万が一、大恐慌が起こっても、アフガニスタンのような状況になるわけではない。瓦礫《がれき》の山の中で食料も衣料品も医薬品もなく乳幼児を抱いて立ちすくむというような事態にはならない。いったいメディアは何を怯えているのだろう。もう決して利益が出ないような企業は、この先も立ち直ることはできない。だからそういった企業はできるだけ早く潰れたほうがいい、というようなコンセンサスを作ろうというメディアがあってもいいはずなのに、まったく見当たらない。構造改革には賛成でも、失業者の増大には反対なのだ。

わたしは失業者が増大することがいいことだと思っているわけではない。しかし、失業率がワンポイント上がっただけで、どうして大騒ぎしなくてはならないのだろうか。問題は失業率の数字ではなく、たとえばリストラされた中高年の自殺をどうやって防ぐか、具体的にどうやったら失業中の中高年を再訓練できるのかというようなことだ。勘違いして欲しくないのだが、失業率の上昇など気にせずに構造改革を推進すべきだなどとわたしが思っているわけではない。金融不安を煽るメディアはすでに思考放棄状態に陥っているのだと、そう思っているだけだ。

メディアの批判をするのはほとほと飽きた。メディアは当分現在の文脈を変えることができないだろう。現状、文脈を変えることでメディアが利益を受けることはないし、海外との競争もない。それではどうしてメディアを批判するような文章を書いているのか。

それは日々メディアからの情報に接していると、あまりにも倒錯していて頭がおかしくなりそうになるからだ。こうやって実際に文章にして自分で整理しないと、こちらまでおかしくなってしまいそうになる。メディアの文脈は、ねじれにねじれていて、倒錯の上に倒錯を重ねている。

先日、日本で行なわれたアフガン復興会議では、日本のメディアはカルザイという暫定行政機構の議長をスター扱いした。カルザイはまだ何も実績のない未知数の政治家だ。本当にアフガニスタンのすべての勢力から信頼されているのかどうかさえわからない。パキスタンのムシャラフのほうが政治家としてははるかに重要で、めざましいパフォーマンスを示している。

それなのに日本のメディアは、カルザイが欧米と国連主導でできた臨時政府の代表というだけで、まるでスターのように持ち上げる。そこには、せっかくアメリカの軍事行動によって誕生した臨時政府なのだから、これ以上面倒を起こさずに何とか平穏に復興して欲しいものだという、思考を停止した者が抱く願望が見え隠れする。

どうでもいいゆとり教育

03/02/2002
2:06

いったい日本はどうなってしまうのでしょうか、といった質問を受けることが増えた。多くの人が危機感と不安を持っているが、外国人を含め、外からの視点を持っている人の大半は、日本という国レベルでの衰退は避けられない、と感じているようだ。

二月末に発表された緊急デフレ対策を見て、政府の対策もどん詰まりに来てしまったな、という感を強くした。合議制というか、それぞれ対立した集団の利害を内部で調整するというやり方ではもうどうしようもないところまで、いろいろな問題が深刻化してしまった。喧嘩両成敗とか、三方一両損といった日本的な調整の方法では今発生している問題には対処できない。

金融庁の銀行への特別検査で、経営基盤の弱い銀行を公表するかどうか、議論は分かれているが、公表すれば風評による取りつけ騒ぎの危険があり、公表しなければいつまで経っても不信が消えない。ペイオフの解禁でも同じで、予定通り解禁すれば地銀や信金・信組の倒産は無視できないものになるだろう。しかし解禁を再延期すればマーケットの不信を招いてしまう。ある政策がすべての集団の利益になることはもうあり得ない。それが最大のネックだが、マスメディアはそのことにほとんど言及しない。

日本という国は意外にもろかったな、というのがわたしの感想だ。戦争に負けてボロボロになりながら、強力に復興と成長を続けてきて、とりあえず経済大国にはなり得たが、単に金持ちになっただけで、衰退することとなった。政治経済を始め、メディアや教育などありとあらゆる分野で変化が求められているが、どうやら対応できそうにない。それは、格差を伴った多様化という新しい事態に関係者が気づいていないか、気づいていないふりをしているからだ。

わかりやすい例は教育かも知れない。旧文部省がずっと提唱してきたゆとり教育だが、学力が低下するのではないかという批判が絶えない。だが問題は、ゆとり教育が効果的か、それともやはり学力の低下を招くのかということではない。教育に、どうしようもない格差ができてしまったことのほうが重大なのだ。偏差値の高い生徒とその親の年収を比較した資料があるといいと思う。都市部の裕福な親は子どもを私立に通わせる。公立高校にはどうしようもない格差が生まれていて、底辺校と呼ばれる高校では、学力もへったくれもなく、最優先されるべき問題は治安の回復であるというようにアフガニスタンのような状態に陥っている。偏差値の高い私立中学には、海外の大学に留学するための準備を始める生徒が大勢いる。

大ざっぱに言って、数パーセントの優秀な子どもと、ほとんど希望を見いだせない三〇パーセントの底辺の子ども、その残りの中間層、という風な分類が可能で、実態としてはさらに細かく分かれるだろう。そういう格差をそのままにして、全体の底上げを目指す実効的な教育政策などあるわけがない。格差を伴った多様性への配慮がないので、子どもに教養を身につけさせるというようなばかばかしいことしか考えられない。

教育問題を考えるのだったら、まず子どもの格差を見なければならない。だが、格差に触れるのは相変わらずタブーとなっているようだ。まるで明治時代に義務教育が始まったときと何も変わっていないように見える。そういった格差は突然発生したものではない。明治時代から格差はずっと存在した。旧帝大に行き官僚になるエリートと、小学校を出てすぐに工場で働く工員との間には、ものすごい格差があったが、それはエリートの数が極めて少ないということと、エリート以外の人々への情報が限られたものだったので非常にうまく、しかも自然に隠蔽《いんぺい》がなされていた。

明治から戦前、戦争中は、国家の敵をはっきりと特定できたので、国民が一丸となることが可能で、格差はほとんど目立たなかった。戦後は、奇跡的な経済成長があった。つまり利益を全国民に配分することができたので、それが格差を隠蔽した。中卒の工員も、東大出の役人も、だいたい同じ時期に電気製品や自家用車を買うことができたし、アメリカのように居住地域が分かれることで格差が露呈することもなかった。

＊

教育は、格差を隠蔽するためにも機能した。現在に至っても、日本の教育政策の基本は、総体としての子どもの基礎学力を向上させることが基本となっている。中間層の中から、優秀な子どもへの仲間入りを果たすパーセンテージを上げるとか、底辺層の子どもたちに学習への意欲を持たせるというような格差に対応する政策はない。つまりどんな政策を考えても、それは格差を直視したものではないので、必ず不備があり、批判を受ける。そして何よりもまったく有効性がない。

金融や経済の分野でも、事態は同じだ。金融不安と言うが、すべての銀行が危ないわけではない。株価を見れば一目瞭然だが、風評被害を防ぐためにも、金融庁も危ない銀行を指定するわけにはいかない。マーケットでは格差が露わになっていて、すでに選別も終わっているのに、政府は格差を隠蔽し、マスメディアも格差については触れることがない。

しかし格差が隠蔽され続ける限り、マーケットは政府を信用しないし、国民の不安も消えない。そのジレンマをマスメディアが暴くこともない。さらに、今のところはまだ格差に気づきたくない層がマジョリティとなっているので、マスメディアは彼らの支持を取りつけるための番組や雑誌を作らざるを得ない。マジョリティは、自分たちが底辺に近い層だということを直視したくない。だから格差が絡むシリアスな問題から目を逸《そ》らすことができるテレビ番組を見るし、漫画や週刊誌を読む。したがって低俗と言われるバラエティは、低俗でなければいけない。格差に無頓着でありたいマジョリティは、現実を意識させられるのを嫌がる。

しかしこれだけ経済の低迷が続くと、否応にも不安感が生まれる。不安感を持つ層の中で、マジョリティから離れていく人が徐々に増えている。彼らはたとえば投資のセミナーに通ったり、ＮＰＯに参加したり、学校に通って資格を得ようとしたりしている。だが、それでも圧倒的に多くの人が格差から目を逸らしたまま、マジョリティは維持されている。

そしてどんな政党もその格差に触れることができない。格差を口にした瞬間にマジョリティはその政治家や政党を見放してしまうからだ。底辺層を含む下層マジョリティは自分たちの生き方に未来がないということを肌で感じているから、そのことを実際に指摘されると激怒する。

だから、小泉首相と彼を支持する改革派も、俗に抵抗勢力と言われる守旧派も、民主党も、社民党や共産党などの旧左翼も、「国民のみなさんのために」と言うしかない。すでに国民の利害はバラバラになっているのに、その実態を反映できる言葉がない。デフレ対策、不況対策として財政出動を訴える守旧派は、人材を含め資源や経済インフラに乏しい地方の人々の利益を代表しているが、決してそういうことは言わない。

構造改革には最初から、格差をより露わにするという要素が含まれている。国は借金だらけで、金がないのだから、国民全体にパイの分け前は届かない。おそらく昔だったら、内戦や内乱が起こっていただろう。幕藩体制が揺らいだのは、決定的に幕府の経済力が凋落《ちょうらく》したからで、黒船の来航は単なる引き金にすぎない。為政者が経済的余裕を失えば、資源配分を巡って対立が起こる。やがて、政治の求心力と信頼が失われ、暴動や内乱が生まれて、国全体の富が失われたり、あるいは逆に新しい体制が生まれて再生が可能になることもある。

＊

ムダな公共事業を止めて都市整備やＩＴ関連で財政援助を、みたいなことを言う人も多いが、公共事業が経済活動の大半を占める地方自治体にとっては、それは文字通り死活問題となる。昔だったら、娘の身売りが起こっているような事態なのだ。いや実際に、それに近いことはすでに起こっている。都市に出てきて風俗産業で働いている女の多くは、地方の下層マジョリティの、資産のない家の若い娘だ。彼女たちには、ファストフードやコンビニで時給八〇〇円でアルバイトするか、風俗で一日数万円を稼ぐか、その二つの選択しか示されない。

格差はさらに広がり続けるだろう。そして、数パーセントの富裕層は、円や国債が暴落し、最悪のインフレと恐慌が日本を襲っても資産をうまく海外に逃避させるだろう。いや、もうすでに資金逃避は始まっている。

昔は決して良い時代ではなかった

先日、金融の専門紙から日本の金融システムについての取材を受けた。日本経済新聞からの取材はこれまでにもあったが、金融の専門紙は初めてだった。わたしは金融・経済に詳しくなったのだと自慢したいわけではない。日本経済もいよいよ万策尽きた状態になってきたんだなと実感しただけだ。高度成長のときに、金融の専門紙が小説家に日本の金融システムについて取材することなどあり得なかったのではないだろうか。

三月は二度も京都に行った。二度目は対談講演があって、京都の人と話す機会があった。関西経済は壊滅状態です、みたいなことを言われて、意外に思ってしまった。それまでずっと京都でおいしいものを食べて、寺や庭園を見て、文化資源というのはこういうことかと少々圧倒されていたからだ。二度の京都旅行の合間に故郷である佐世保に帰った。ハウステンボスに泊まり、長崎県知事と対談したり、墓参りに行ったりした。

ちょうど佐世保重工業の公費不正受給問題が取り沙汰されているときで、わたしの故郷は

04/04/2002
23:23

不況と閉塞の中に深く沈んでいた。もともと佐世保には造船業と観光、それに米軍基地以外には産業らしい産業がない。しかし、それでは長崎県の他の市町村には産業らしい産業があるかと言えば疑わしい。長崎市だって観光と造船業しかないし、諫早《いさはや》や大村、それに平戸や福江に、観光や漁業に代わる何か画期的な産業が興ったという話は聞かない。

佐世保市内の、わたしが育った町では、子どもが遊ぶ姿をまったく見なかった。墓参りをして、昔は墓場が遊び場だったなと思い出した。原っぱか道路か墓場が遊び場で、学年の違う十数人の子どもが集まって、いろいろな遊びをしていた。金のかかる遊びは何もなかった。石や棒きれだけが遊び道具だった。墓場を見て、よくこんな危険なところで遊んだなと驚いた。ものすごく狭くて、崖には柵も何もない。崖の下は道路で、落ちたら怪我だけでは済まない高さだった。その墓場を、わたしたちは全力で走り回っていたのだ。

＊

そういう時代が、今よりよかったとは思わない。確かに昔遊んだ墓場を訪ねると懐かしいし、子どもたちも大勢いて、にぎやかだった。だが、ゲームセンターやカラオケがある現代と、わたしの子ども時代とどちらが良いかと言われたら、わたしは現代を選ぶと思う。このエッセイでも何度か書いたが、昔はそれほど良い時代ではなかった。生活環境が不潔だったし、差別があったし、貧しかった。

だから、昔は懐かしいが、今よりも良かったとは思わない。でも、故郷から活気が失われているのは間違いない。造船業に将来性があるのかどうか、わたしにはわからないが、すでに八〇年代の初頭には東アジアの国にコスト面で太刀打ちできなくなっていた。つまり受注は急激に減っていたのだ。佐世保の中心にあるアーケード商店街もシャッターを降ろした店が目立った。昔ながらの商店が潰れ、郊外に量販店ができていた。おそらく日本全国どこでも似たような状況なのだろう。

町には年寄りが目立ち、若い人はどことなく退屈そうだった。看板などに描かれた活性化というような言葉が、さらに寂しさと空洞化の現実を浮き上がらせていた。才能ある若い人も、金も、モノも、田舎から出ていき、入ってこようとしない。京都には世界遺産に指定された町並みがあるが、佐世保には何もない。

＊

郷里の佐世保のことを考えると、暗澹《あんたん》とした気持ちになる。新しい発展とか活性化とか町興しといった言葉だけが繰り返し叫ばれているが、いったい何をすればいいのかわたしにはイメージさえできない。間違いなく、公共事業はこの先減り続けるだろう。人口が減少するだろう。高齢者の割合がますます増えるだろう。

日本経済ではなく、佐世保の経済を考えるのはむずかしい。識者や専門家は、いつも日本経済について考え、発言するが、あまりにも漠然としていて、よくわからない。日本経済の再生と、佐世保経済の再生とどちらがより困難だろうか。

考えてみれば、日本という巨大な共同体を再生させるほうがむずかしいに決まっている。小さな自治体や、個別の企業を再生させるとなると、現実的な問題になる。しかし、地方の具体的な市町村経済の再生というテーマの座談会など見たことがない。メディアも、識者も、専門家も、語るのは日本及び日本経済についてなのだ。

自治体によっては独自の再生案もあるようだが、中央政府に国家的目標を示してもらってそれに従うという近代化途上のパラダイムがいまだに支配的だ。つまりわたしたちの社会には、国の主導で近代化や戦後復興や高度成長を果たしてきたという刷り込みがある。しかしそれは事実なのだろうか。半分は事実だろう。たとえば戦後復興では、国民に勤労と貯金を奨励し、その資金の石炭や繊維や造船といった基幹産業への集中的な再配分が不可欠だった。

そういったプランを練ったのは、政治家と組んだエリート官僚だということになっている。それも半分は事実だろう。半分というのは、すべての官僚が優秀なわけではなかったという意味だ。そういった国家主導の産業形成の中で、近代化と高度成長に必要なシステムも形作られていくことになる。間接金融や株式の持ち合い、終身雇用や年功序列、そして護送船団方式というようないわゆる「日本的システム」と呼ばれるものが定着していった。

高度成長が終わりかけた六〇年代末から、日本経済のパラダイムの変換が言われるようになった。当時の通産省は、高付加価値型の産業形態に移行することが必須だというレポートを発表している。また、それまで蟻のように働いてきた日本人のライフスタイルを見直そうという動きも始まった。高度成長と欧米へのキャッチアップを果たしたわけで、もっとゆとりのある生活を楽しもうという提言もなされている。

しかし、それらの提言は近代化途上と同じように、国の主導でなされてきた。もっとゆとりを持って生活しましょうというキャッチフレーズが、欲しがりません勝つまではというスローガンと同じようにトップダウンで政府によって示されたのだ。個人の時代とか、地方の時代という提言や意見も、同じようにトップダウンで国の主導で進められようとした。

＊

　そして、そういった傾向がいまだに続いている。メディアは常に日本及び日本経済について報道し、特集を組む。個別の企業や、地方自治体や、個人の経済活動の再生について語る文脈がない。誰もが天下国家を論じるだけで、たとえば一人のひきこもりの青年の経済活動の再生が語られることがない。語られるとしても、それは、どうすれば「社会復帰」「順化」が可能かという文脈でしか語られない。

　明治時代と違って、今は天下国家のことを語るのは簡単だ。とりあえず豊かになって、社会的なインフラもほとんど完備されているのだから、精神論を語ればそれで済むからだ。今は、個別企業や個別の自治体、それに個人について語るほうがむずかしいことをまずコンセンサスとして持つべきではないかと思う。

「日本の教育」について語るより、具体的な一底辺校の日常的な暴力をどうやってなくすかを語るほうがはるかに困難だ。ある個別の学校の教師たちをどうやってレベルアップするか、研修のカリキュラムをどう作るか、というようなことのほうがはるかにむずかしい。

　エコノミストたちは、日本経済をどうするかではなく、たとえばダイエーをどうすれば再建できるかを語ったほうがいいのではないか。大阪府の債務を減らすにはどうすればいいのかを議論したほうがいいのではないだろうか。だが、そういう個別の論議には、ある程度の責任と具体的な達成度が問われる。あるいは、ダイエーについて論議した結果、再建できる可能性はないという結論が出るかも知れない。

そこで、誰もがえんえんと天下国家について不毛な論議を続けることになる。その間に、個別企業や、地方自治体や、個人が経済的活力を失い続けていくのだ。

宮本武蔵に学ぶことなど何もない

05/02/2002
17:31

GW中に、『バガボンド』という人気漫画を読んだ。傑作『スラムダンク』の井上雄彦が描いている漫画だ。ちょっとした興味があって、巨匠・横山光輝の『徳川家康』も読んだ。これから『武田信玄』も読もうかと思っている。言うまでもないが、『バガボンド』の原作は吉川英治の『宮本武蔵』で、『徳川家康』は山岡荘八で、『武田信玄』は新田次郎だ。

作家や漫画家が歴史物を書いたり描いたりするのは当たり前のことに思われているし、現代でもさまざまな作家が歴史物、時代物を書いている。そもそも作家や漫画家は、現代という時代に生きていながら、どうして過去の歴史上の出来事や人物を描こうとするのだろうか。

戦国時代や江戸時代にはヒューマニズムがほとんどないので、人間の強さや悲しみが剝《む》き出しになっていて、それを抽出しやすいということがあるだろう。人や共同体を裏切り、欺き、たとえ肉親でも殺し合うのが当然だという戦国の社会で、たとえば親子・夫婦・肉親の情愛を描けば、現代に生きるわたしたちに、普遍的なヒューマニズムとして伝わりやすい。

ヒューマニズムを圧迫する力が強大なので、反作用としての情愛を描きやすいのだ。

　また一部の作品を除いて、歴史物、時代物は有名な人物が主人公として、また脇役として登場する。誰もが知っている人物なので、当然共通認識があり、読者が感情移入しやすい。この子どもが将来あの大将軍になるのか、という具合にとりあえずそこで胸がときめくからだ。

　わたしは時代物も歴史物も書いていないし、これからもたぶん今流通しているようなものは書かないだろう。今流通している歴史物、時代物という意味は、近代・現代のフィルターをかけて歴史を見るということだ。たとえば、近代以前には女や子どもは「モノ」であり、商品でもあったという説もある。弱い者として「守られるべき存在」である子どもや女性は近代になってから「誕生」したという社会学者は少なくない。

＊

　戦前は女性には参政権がなかったし、売春禁止法ができる前、日本の女は実際に売られたり買われたりしていた。そういう時代の小説や演劇や映画を見ると、わたしたちはどうしてそんな残酷で哀れなことが起こったのだろうかと憤慨し、そういった状況でヒューマニステイックに生きようとする人物を見て、たいてい感動してしまう。

しかし当時は、すべての人間には人間として最低限の生活を営む権利があるなどという概念すらなかった。概念がないということは、ある人々は人間らしい境遇にいるのに自分は人間らしくない境遇にいるというような自覚が持てなかったということだろう。

明治初期、義務教育が始まったころ、ほとんどの親は子どもを学校に行かせるのを嫌がったらしい。農漁業、家庭内手工業、商店などでは子どもは重要な労働力だったからだ。そういった親たちを現代の概念や文脈をベースにして描けば、非人道的な金の亡者、ということになるかも知れない。

だが貴族や武士階級を除く当時のほとんどの親たちには、子どもには教育が与えられるべきだという概念がなかった。つまり、「確かに子どもには教育が必要だが、おれは金が欲しいし、子どもをムチで打ちながら働かせるのが好きなので学校にはやらないぞ」と親たちが思ったわけではない。

『徳川家康』には人質がよく登場する。徳川家康が子どものころ今川家の人質となったのは有名なエピソードだ。武将や城主にとって結婚はすべて政略的な意味合いを持ち、嫁いでいく女も結局は人質同然だった。歴史物や時代物では、そのことを「悲しいこと」として描いている。だが果たして本当に政略結婚や人質の制度は当時「悲しいこと」として受け止められていたのだろうか。

「自分で相手を選ぶことのできる幸福な結婚」という概念がないのに、政略結婚が非人間的で悲しいことだという感覚が生まれるだろうかと疑問がある。子どもは親元で健康的で人間的な生活を保障される、という概念がないときに、人々は人質となる子どものことを哀れだと思っただろうか。

＊

『徳川家康』には、家のために自分を犠牲にする武士やその妻が掃いて捨てるほど登場する。彼らは、忠義と人間性の間で「葛藤」する。その姿は、企業社会で会社に忠誠を尽くすサラリーマンと重なり、『徳川家康』は戦後大ベストセラーとなり、今でも数多くの読者がいて、経営誌では特集が組まれたりする。

わたしは、封建社会の人々に人間性がなかったとか、肉親の情愛がなかったとかそういうことを言っているわけではない。ただ現代では常識となっている概念をベースにして、その概念がなかった時代の出来事を抽出し、悲しみや哀れさを描くのは表現者としてフェアではないと思うだけだ。そして、フェアではないから『徳川家康』がダメな作品だと断じているわけでもない。読み物なので、そういった読者の琴線に触れるようなサービスは不可欠なのかも知れない。要するに、何十年も前の国民文学を批判したいと思っているわけではない。

だが、現代の概念や文脈で歴史を見ることには多大なリスクがある。無知であることの恐ろしさを忘れがちになるからだ。歴史物や時代物は、無知というフィルターを通すと少しフェイズが変わる。人質や政略結婚が習慣となっていたのは、日本の封建社会に「契約」という概念がなかったからだ。契約や条約に似たものはあったかも知れないが、それを尊重すれば得られる利益がきちんと示されてはいなかった。

戦国時代や江戸時代に、多くの女が政略結婚で悲しい思いをしたのは、また多くの子どもが人質として辛い思いをしたり殺されたりしたのは、人間の普遍的な業《ごう》とか運命などではなく、単に当時の社会が非常に無知で幼稚なものだったからだとわたしは思う。

じゃあ『徳川家康』は全然つまらないかと言えば、そんなことはない。今川家の人質となった幼少の家康は、僧にして軍人である雪斎禅士から個人教育を受ける。雪斎は、孔子の教えを家康に伝える。それはたとえば、軍と食糧と信頼という三つの要素のうち、国にとってもっとも大事なのは何かというようなことだった。

まず、食糧と軍と信頼のうち、どれか一つを捨てなければならないとしたら何かと雪斎は家康に質問する。槍がなくても生きられるが食糧なくては生きられないので捨てるなら軍だ、と家康は正解を言う。結局、三つの要素の中でもっとも大事なのは信頼だった。国の中に信頼がないとき、つまり国民の間に不信感が充ちているとき、豊富に食糧があってもそれを奪い合って争乱が起こるというわけだ。

考えてみれば当たり前のことだが、当たり前で普遍的なことを最初に言うのは簡単ではない。孔子という人はやはり非凡だ。経済のベースとなるのも信頼で、特に金融は信頼がすべてだといっても言い過ぎではない。信頼されない銀行には誰もお金を預けないし、国民が国家を信頼しなくなると金融は致命的に収縮し、経済が破綻する。今の日本社会に起こっているのは、国民の、企業・銀行や官僚や政府に対する不信感の増大だ。

ただ、信頼が「失われた」わけではないのではないか。戦前も、戦後復興期も、高度成長期も、信頼があったというよりは、信頼がないことが隠蔽されていただけではないだろうか。戦前は国民のほとんどがあまりにも無知だったので、信頼など話題にもならなかったし、戦後はとりあえず経済的に豊かになっていったので、信頼が維持されているかどうかなど気にする人は少なかった。

そしてここへ来て、不況が続いたおかげで、信頼が「失われた」わけではなく、信頼という概念がないまま社会が維持されてきたことが露わになった。政府は必ずしもフェアではないし、官僚の中には国民より自身の利益を優先する者も多く、企業や銀行のほとんどは国民の暮らしより自社の利益を最優先させ、それらのトップにいる人の大部分は一度失われた信頼を回復するのに多大なコストがかかるということさえ知らない、ということが露わになってしまった。

それが今の日本だが、別に悲観することはない。戦国時代や江戸時代よりも、はるかに情報や知識をわたしたち国民が共有しているからだ。

五十歳にもなって尊敬されない人は辛いという真実

06/03/2002
17:48

W杯が始まった。この原稿が活字になるころには日本の成績も決まっているだろう。わたしはすでに二試合見た。ソウルでの開幕戦と、鹿島で行なわれたアルゼンチンとナイジェリアの試合だ。今後、二度韓国へ往復して残り十二試合を見ることになっている。W杯は巨大なお祭りでカオスが内包されている。だから、良い面と、それに矛盾もある。矛盾というのは、東アジアでW杯を開催することの根本的な不自然さのようなものだ。

サッカーの中心地である欧州や南米から遠いとか、そういうことよりも、サッカーが国民的なスポーツではないというミもフタもない不自然さが問題で、事実ソウルでの開幕戦では、開会セレモニーを見て、試合は前半だけを見て、帰途につく韓国人観客がかなりいた。

わたしは第一回目のローリングストーンズのコンサートを思い出した。代理店から招待を受けて銀座の女を連れ、噂のローリングストーンズのコンサートに来てみましたが曲も知らないしもう飽きた、という中年男性が、ミック・ジャガーが『アンジー』を歌っている最中に帰ってしまったのだった。

別にサッカーはどうでもいいが、話題のW杯だし、おれには金も権力もあるし、ひとつ話の種に、またおれに金と権力があることを示すために行ってみるか、というような感じで日本戦や決勝を見に行く人は大勢いるのだろう。実際にわたしの周囲にもたくさんいる。そういうのはW杯が「憧れの対象」である国だけの現象で、フランスやイタリアではサッカー嫌いの金持ちは大会期間中、うるさいからと外国に遊びに行っていたらしい。

そういった「サッカー後進国」としての不自然さもカオスの一面だが、カオスの中には当然選手たちのすばらしいパフォーマンスがある。W杯なので、当然のことながら手を抜く選手はいない。アルゼンチンのバティストゥータやシメオネ、それにナイジェリアのオコチャやイクペバなどのプレーが鹿島で見られるというのは、サッカーファンとしては理屈抜きに楽しいものだった。

＊

W杯開幕戦でソウルに行く前、久しぶりにキューバに行っていた。長崎のハウステンボスの夏のイベントに招聘《しょうへい》するバンドを探しに行って、仮契約を済ませてきたのだ。

ＮＹで次の小説のための取材を済ませ、メキシコのカンクンでからだを休め、ハバナには約一週間滞在して、数多くのバンドの演奏を聴き、数え切れないほどのコンサートを見た。もちろん高揚感のある充実した旅行だったのだが、わたしも今年五十歳になって、旅がしだいに億劫になってきた。もともと出不精だし、旅が大好きというわけではない。面倒くさがりなので、飛行機に長時間乗ったり、空港でトランジットで待ったり、ホテルにチェックインしたり、朝早く起きて荷物をまとめたりするのがキライだ。

行けば当然楽しいことが待っているわけだが、それまでの面倒な旅程を想像し、本当に旅が億劫になってしまった。歳をとったなと思う。五十歳になるといろいろなところにガタがくるし、体力も落ちる。それは当たり前のことだと思うのだが、わたしが、歳とったよ、と言うと、いやあ、龍さんはまだまだ若いじゃないですか、と言われることが多い。

まだまだ若いですよと他人から言われてもうれしくも何ともない。他人からどう思われようと、年をとったのは動かしようのない事実で、そのことをわたしは別に嘆いているわけではないからだ。歳をとってもまだまだ元気、みたいな感じで、老年になって若者向きのスポーツをやったり、冒険旅行にチャレンジしたり、真冬に乾布摩擦をしたり、トライアスロンをしたり、山に登ったり海に潜ったりする人が意外に多くて、そういう人はよく雑誌やテレビで紹介される。

歳をとるということで、考えるのは、五十歳になって尊敬されていない人間とはけっこう辛いだろうということだ。

わたしは、「先生」と呼ばれて、酒の席でお酌してもらったり、お世辞を言われたり、ちやほやされるのが大嫌いだが、それでも体力が弱ってきているので、大事にされるのはありがたいと思うようになった。海外旅行でも、ファーストクラスだとチェックインの際にも長いラインに並ばなくて済む。運転手付きのハイヤーで移動すると、人混《ご》みの中で切符を買ったり、満員電車で知らない人にからだを押しつけられなくて済むのだ。

勘違いされると困るが、わたしは五十歳になって周囲にちやほやされたいと思うようになったというわけではない。

わたしは編集者を連れて銀座のクラブに行かないし、鞄持ちを兼ねて編集者を海外取材に同行させることもない。イタリアだろうがキューバだろうが、わたしのほうが旅慣れていて、スペイン語もイタリア語も英語さえまともに話せない編集者は海外での仕事にはまったく戦力にならない。むしろ世話のかかる単なるお荷物になってしまうことのほうが多い。わたしは、そういう余分な金があれば取材費に回してくれと要求してきたし、今もそうしている。

だからわたしの旅は基本的には一人旅だ。一人で何でもやってきたわけだが、五十歳になってそういうことが辛くなってきたということではない。そういうやり方はわたしが海外に取材と仕事に行く限り変わることはないだろう。

＊

五十歳になって尊敬されないと辛い、というようなことが書かれているものを読んだことがないし、そういうことを誰かが言うのを聞いたこともない。周囲からまったく尊敬されなくても、二十代だったら「この野郎、ふざけんなよ」と発憤して努力できるが、五十歳になると簡単ではない。何かの技術にしろ、スポーツにしろ、語学にしろ、若いころのようにはいかない。それは記憶力が悪くなるというより、五十歳にもなれば自分の仕事で忙しいので、なかなか他に時間を回せないという物理的な事情にも依る。

五十歳になると、心安らぐ家族とともに、親しい友人というのが必須になる。お互いの信頼があって、尊敬できて、一緒にいて神経をすり減らすことがなく、問題があったときにいつでも相談できるような友人だ。二十年、三十年と付き合ってきて、そういう間柄になったというような友人がまったくいない五十歳は辛いだろうと思う。また周囲の人々に自分の仕事への理解があって、その仕事を尊重されているというのも重要だ。自分の仕事への理解と尊敬が得られていない五十歳も辛いだろうと思う。

体力が弱っているので、批判を受けつけなくなっているという意味ではない。わたしは百歳になっても批判は受け止めるだろう。わたしが言いたいのは、五十代になって体力が弱ってきたときに、自分の仕事や人格に対して周囲からのリスペクトのない人生は非常に辛いものになるということだ。

考えてみると、五十代のホームレスや失業者は、「五十歳になるとこれらがないと辛い」というようなものをすべて失った人たちではないだろうか。彼らは仕事や、場合によっては家族や友人を失い、そして社会的なリスペクトもない。一カ月風呂に入らずに、ひどい匂いを発して、周囲からひどい言葉を浴びても、二十歳だったら「この野郎、今に見ていろ」と発憤して何かに向けて努力するとか、あるいは社会に怒りを覚えてテロリストになるとか、いい悪いを別にすると、いろいろなことを実行するポテンシャルと時間的余裕がある。

五十歳になるということは、まったく別の分野の仕事を開始するには遅過ぎるということでもある。

五十歳になるとすでに何らかのプロになっているはずなので、たとえば小説家がプロボクサーになることはできないし、医師が陶芸家になるのもむずかしいし、園芸家がコンピュータ技師になるのもむずかしい。

五十歳になったときに、誰にも尊敬されない人生は非常に辛いものだ、というのは常識中の常識なのに、どうして日本の社会ではコンセンサスになっていないのだろうか。不思議だ。

今、元気がいいのはバカだけだ

07/05/2002
19:31

ワールドカップが終わった。街ではまだたまに日本代表のユニフォームを着たり、ベッカムヘアをしている人を見かける。

私事で恐縮だが、わたしも髪を思い切り短くした。もともとわたしは髪の量が多くて、おまけに一本一本が硬く太い。硬くて太いので朝は必ず立ってしまう、と言うといつも誤解されたが、とにかく真っ黒な鍋をかぶっている感じになってそれがイヤだった。髪の薄い人からはうらやましがられるが、地肌が見える薄い髪の人、たとえばイタリアのトッティとかに憧れていたのだ。

それで髪を思い切り梳《す》いてもらった。そして短くして、地肌が見えて、髪がピンと立つようにした。これで真ん中を高くすればベッカムになるし、真ん中だけを赤く染めれば戸田選手になってしまうだろう。ワールドカップの影響ですか、とよく聞かれる。自分ではそう思っていないのだが、案外影響はあるのかも知れない。

ワールドカップで日本代表が決勝Tに進み、日本中が盛り上がったので、あの日本代表が「新しい日本」の象徴であるかのような誤解がマスメディアを中心に生じている。代表があれだけの結果を残したのだから、日本もこれから元気になるのではないかというようなまったく根拠のない推測と期待だ。

まず、「日本を元気に」というのがどういうことなのかわたしにはわからない。その国が元気というのはどういう状態なのだろうか。あの八〇年代末の狂乱のバブルのころ、ほとんどの金融機関と不動産、建設企業は熱に浮かされたように「元気」だった。躁《そう》状態だった。戦前の満州事変のころも気分としては日本は威勢が良く元気だったのではないだろうか。日露戦争のあともお祭り気分が続いたそうだ。

わたしは元気です、というのはわかるが、その国が元気がいいというのはどういう状態なのだろうか。考えられるのは、景気がいいということだ。それではそもそも景気がいいというのはどういう状態を指すのだろうか。国民のほとんどに仕事があって、しかも給料がどんどん上がり、モノがよく売れて、高いビルや住宅がどんどん建っていく、というような状況だろうか。

日本の失業率は五パーセント台なので国民のほとんどは仕事に就いていることになる。労働者の給料はそれほど上がっていないが、ＩＴバブルや金融商品でがっぽり儲けた人は大勢いる。モノが売れていないというが、大半の日本人は生活必需品をほとんど持っている。

たとえば高度成長時には確かにモノが爆発的に売れた。都市部ではマンションやアパートがよく売れたし、家を建てる人も多かった。電気製品や車や家具や洋服が飛ぶように売れた。

それは、日本に元気があったからではなく、モノが足りなくて広範な需要があったからだ。そういった広範な需要を生む商品はパソコンと携帯電話で終わりではないかと言われている。確かに現状は景気が良いとは言えないが、それは日本や日本人が元気になれば回復するものなのだろうか。

日本の景気回復を阻害している大きな原因として常に挙げられるのが銀行の不良債権だ。不良債権というとわかりにくいが、要は返ってくる見込みのない貸付金のことだ。お金を貸して返してもらえないということで、そういう場合はさっさとその債権と担保を叩き売ればいいのだが、なぜかそれができない。決して借金を返そうとしない企業に利子分の追い貸しをしている銀行もある。

何千億とか、兆というような巨大な額の不良貸付金が戻ってこないということになると銀行の資本が揺らぐことがある。また社員何千人、何万人という企業が借金を返せなくて潰れると、失業者が増えるし、関連企業や子会社、孫会社、下請け・孫請けなども潰れる。だから、もう利益も上がらず採算が取れない企業でも、社会的影響が大きすぎるということで、生かさず殺さずというような状態で放っておく、という事態が続いている。

そういった企業も、そういった企業にお金を貸している銀行も、余裕がないので経営的な冒険ができない。自分の代で会社を潰してしまうと退職金が出ないので、一か八かの冒険とか、リスクを負った新事業や、開発費のかかる新規事業を起こせない。要するに、これまでやってきたことを細々と繰り返しながら、なるだけミスを少なくして、銀行から出向してきた役員や社長に安心してもらえるような「地道」な仕事を続けることになる。

＊

そういった企業に関しては「元気がないのだ」と言えるかも知れない。波風を立てないように、また誰も責任を取らずに済むように、会議が繰り返され、どんな企画でも、誰に決定権があるのかを曖昧にする。そういう会社に勤めている若い社員は元気がなくなる。新しい企画など認められないし、ミスをしたら責任を取らされてクビになるからだ。そういう会社の若い社員は、ミスを恐れてびくびくしながら、敗戦処理のような消耗する仕事を日々続けている。

日本という国を企業に例えるのは適切ではないが、日本は、ミスをしないように戦々恐々となっていて、決して新規事業を始めようとせず、利益が上がるための工夫もしない巨大企業のような状態に陥っている。そんな国を「元気に」しようというのはおかしい。もともと元気が出ないようなシステムと考え方で埋め尽くされているのだから、一人一人の社員に「元気を出せ」と励ましたり、どうすれば元気になれるかと考えたりしてもムダだ。

会社が数年保てば退職金がもらえるし、あとは盆栽でも育てて暮らせばいいと考えている経営者とその一派をすべて辞めさせて、一度会社を潰して、外部から資本と経営者を入れれば、日産のように再生する企業も増えるのだろうが、経営者とその一派の側近は、退職金をもらうまでは決して自分から退こうとしない。今のままで何とか数年会社を保たせたほうが合理的だからだ。

日本を元気にするという表現がおかしいのは、トップに居座っている既得権益層をすべて切れば問題の大半は片づくのに、それをやらずに、一般の会社員に対して元気を出しなさいと言っているからだ。日本はどうすれば元気になるのでしょうか、という問いについては、銀行や企業や官庁に居座る老人たち、それと地方や中央の政治家たちをすべて「老人の船」に乗せて、つかの間の宴会で楽しんでもらったあと東シナ海に沈めればいいという回答しかない。

本来市場から退出すべき企業や銀行が潰れれば、確かに社会的影響は大きいが、大量の若い労働力が市場にあふれる。彼らの一部は起業するか、新興の若い企業に吸収される。そういった利益を上げている若い企業では学歴も問われないし、終身雇用も年功制も派閥もごまりもない。この先そんな悠長な経営をして勝ち抜ける企業などない。

日本を元気にするというのは、元気の出るスローガンを叩き込んで日本人一人一人を活性化するということではない。既得権益層を一掃することだ。郵便事業や地方の建設業を始めとして、既得権益に居座る老人たちにどうにかして退場してもらうこと、そして、それが日本を元気にする唯一の方法だというコンセンサスを大半の日本人が持つようにマスメディアが理解し、啓蒙することだが、どうもそんなことは無理のようだ。

＊

地方に高速道路を造るのは悪いことではない。生活は確実に便利になるだろうし、道路はないよりあったほうがいいからだ。問題はこれまでのように道路を造るだけのお金が日本政府にないということだ。お金がないどころか、政府には巨額の借金がある。その借金は国民の貯蓄でファイナンスされている。

既得権益層は決して利益を手放さないことがはっきりしたし、マスメディアは既得権益層の退出を迫る啓蒙ができないこともはっきりした。この先、「どうすれば日本は元気になるのでしょうか」などという嘘の問題提議がなくなることもないだろう。政府と地方自治体合わせて八〇〇兆円近い借金があって、一四〇〇兆円の個人資産があるということは、この先政府が何を狙うか明らかだ。水が高いところから低いところに流れるように、お金は、潤沢にあるところから不足しているところに移る。しかも政府は徴税権という権利も合法的に持っているし、預金封鎖や外為法改正もできる。

ほとんどの日本人が日本政府にだまされる日が近い将来必ずやって来るだろう。

趣味からは何も生まれない

08/02/2002
19:07

W杯が終わってから、日本のサポーターの「フェア」な応援の仕方や、フェイス・ペインティングをして自国以外のチームを声援するという「国際性」が話題になることが多かった。そういった論考はいずれも日本でのW杯を基本的にポジティブに捉えていたが、おそらく論者はW杯というものを初めて経験したのだろうとわたしは思った。他の国でのW杯やリーグ戦を生《なま》でほとんど見たことのない人がそれらの記事を書いたのだと思う。

要するに、日本でのW杯は、サッカーをほとんど知らない人が大騒ぎをして、サッカーをほとんど知らない人がその現象について語ったのだ。日本のサポーターの「フェア」な応援というのはどういうことだろうか。それは汚い野次や暴力がなかったとか、自分たちでスタジアムを掃除したとか、終始整然としていたとか、そういうことだろう。

わたしはそのことに異議を唱えるつもりはないし、日本のサポーターは概して非常に紳士的だったと思う。

中南米や欧州の一部のサポーターは大人げないところがある。シートに火を放ったりするし、選手や監督の家が焼かれることもある。スタジアムで乱闘が始まることもあれば、人が死ぬこともあるし、そのゲームがきっかけになって本当の戦争が起こることもある。中南米や欧州の一部の国ではこれほどサッカーが盛んなんですよ、ということを強調するためにそういった大人げないエピソードがよく紹介される。

そういった大人げないことはすべきではない。そんなことはわかりきっている。わたしは欧州や中南米のリーグ戦で何度もそういったサポーターの馬鹿げた振る舞いを見たことがある。

二年前のローマダービーで、勝利したラツィオのサポーターの一人が、がっくりと肩を落として歩くローマサポーターの集団に向かって、罵声を浴びせた。その中年の男はベンツに乗っていて、開けた窓から、中指を立て、ローマの悪口を絶叫したのだ。ローマのサポーターは激怒し、その男をベンツから引きずり出してボコボコに殴りつけ、ついでに鉄パイプでベンツもボコボコにした。

目撃していたわたしは、そのベンツに乗っていた男がどうしてそんなことをしたのか、わけがわからなかった。敵の集団に向かって一人で悪態をつけば、ボコボコにやられることは目に見えている。からだ中を殴られ、車をボコボコにされた男は、地面に倒れてもまったく後悔していなかった。口や鼻から血をボタボタ流しながら、小さい声で悪態をつき続けた。

その男はどうしてそんな馬鹿げた真似をしたのだろうか。それは、どうしてもそういう馬鹿げた真似をしたかったから、ということだろう。その男は、ラツィオが勝ってうれしくてたまらず、どうしてもローマサポーターに向かって中指を立てて見せ、悪態をつきたかったのだ。

＊

W杯の日本のサポーターたちはそういう馬鹿げた振る舞いの対極にあったわけだが、それは理性的だったからという理由に尽きるだろう。どうして理性的でいられたのかというと、おそらくそれほどサッカーが好きではなかったということだろうと思う。好きという言葉は曖昧だ。ないよりもあったほうがいいという程度の「好き」から、それがなければ死んでしまうという「好き」までをカバーしている。わたしたちの社会ではどういうわけか、「程々に好き」なのが好まれるようだ。なぜかすべてが趣味的なのである。

そういったことはこのエッセイでも何度か取り上げてきた。同好会や同好クラブがこれほど盛んなのは世界でも稀だろうとか、そういうことを以前にも書いたような気がする。同好の趣味のクラブというのは、それがなければ死んでしまうという「好き」ではない。ないよりはあったほうがいいという程度の「好き」同士が集まるのだ。

　三度の飯より好き、という慣用句があるが、あくまでも毎日の朝昼晩の食事より好きというだけで、食事よりも重要だという意味ではない。食料が乏しくなれば、「三度の飯」は確保されない。三度の飯より好き、という言い方は、飢え死にしてもいいからそれがなければ生きていけない、というような偏愛とは違う。三度の飯という言い方がすでに安定した食料の供給を前提にしている。三度の飯より好きというのは、要するに最初から趣味的なのだ。

　中南米や欧州の一部のサポーターは、サッカーが好きだとあまり言わない。キューバ人も音楽が好きだと言わない。三度の飯よりサッカーが好きという表現を聞いたことはないし、キューバ人でも音楽と食料で二者択一を迫られたら迷いなく食料と答えるだろう。

＊

　誤解しないで欲しいのだが、わたしはサッカーを偏愛する外国の人々を賞賛し、趣味的にサッカーが好きな多くの日本人を批判したいわけではない。「好き」という言葉には、極端な偏愛も含まれるということと、そういった極端な偏愛だけが何か強烈な作品や出来事を生み出すことがあることを指摘したいだけだ。

多くの日本人がイングランド代表とベッカムを応援した。そのことはイギリスのメディアでも取り上げられた。また多くの論者が、自国以外にも声援を送る日本の洗練の好例として話題にした。だが、ベッカムとイングランドに声援を送った日本人の多くは単にミーハーだっただけだとわたしは思う。そこに深い民族性を見るのは勘違いだ。ほとんどの人は、イングランドだろうが、アイルランドだろうが、何でもよかったのだ。

趣味的な「好き」と「偏愛」の違いは、代替物があるかどうかだ。代替物がない場合、「好き」は偏愛のほうに傾斜する。あるいはその偏愛の対象が自分の人生に大きな割合を占めることになる。ある種の音楽に対する偏愛がある場合、その人はその音楽を仕事にするか、自分の人生の一部にしなければならない。わたしの場合、キューバ音楽の代替物はないので、必然的にわたしはキューバ音楽をプロデュースしたりする。

趣味的な「好き」が生産性に結びつくことはない。「別に仕事を持っていながら趣味で始めた何か」が、生産性に関わるモチベーションや利益や将来性のある事業に結びつくことはない。本田宗一郎は趣味でオートバイをつくったわけではないし、現代のソニーでも趣味で開発に関わる者は誰もいない。当たり前のことだが、持っている時間のすべて、モチベーションのすべて、技術と知識のすべてを投入しないと、市場で評価されるような製品を開発したり作り上げることは不可能だ。

そして、持っている時間のすべて、モチベーションのすべて、技術と知識のすべてを何かに投入するために不可欠なのは、趣味的な「好き」ではなく、ある種の偏愛だとわたしは思う。どうしてこれほど惹《ひ》かれるのか自分でもわからないし、恐いくらいだけど、それでも好きだというようなものに対してわたしたちは最大のモチベーションを持つことができる。そのくらい好きなものに代替物があるわけがない。わたしは、すばらしい趣味を持っている人に対して、その人の趣味をうらやましいと思ったことがない。趣味の「好き」は、投入されるエネルギーが限定されているので、その快楽も限定的だからだ。

何かに対する偏愛は、その個人を集団から突出させ、規範から逸脱させてしまうことが多い。これまでの近代化途上の日本社会では、偏愛は秘密にされるべきものだった。同時に、偏愛とその対象が社会的に明らかになった人間はたいてい社会から忌み嫌われ、ときには属している共同体から追放されることもあった。偏愛と言うとわかりにくいが、同性愛やＳＭなど性的偏愛は社会から忌み嫌われるという点でわかりやすい。

バイオビジネスがこれから利益を上げそうだと、先行するアメリカのあとを追おうと産学官共同の研究の重要性が盛んに言われているが、本当に大事なのは一人一人の科学者や研究者の研究対象に対する「偏愛」だ。ワトソンとクリックは、政府の主導と援助でＤＮＡの螺旋状モデルを発見したわけではない。二人には、遺伝子というものへの科学的な偏愛があったのだ。

日本経済なんかどうでもいいという態度

今年の夏の半分をハウステンボスで過ごした。ハイラ・モンピエという歌手とクバニスモというバンドの公演をプロデュースしたからだ。七月と八月合わせて二十日以上ハウステンボスに滞在し、毎日プールで泳ぎ、最高のキューバ音楽を聞き、大村湾の夕陽を眺めながらビールやキューバン・カクテルを飲み、コンサートのあとで、近海の魚や、『エリタージュ』というフレンチレストランでグランシェフ上柿本勝の料理を味わった。何と言うか、プロデューサーとして大変なことも多かったが、基本的に快楽的な日々だった。

ハウステンボスでは、次の書き下ろしのための資料を読み、原稿も書いた。ＪＭＭというわたしが主宰する金融・経済のメールマガジンの原稿も書いたが、キューバ音楽とずっと接しながら日本経済のことを考えるのはとても不自然なことだった。実際にキューバに滞在しているときにもいつも同じことを思う。Ｗ杯で興奮するゲームを見たあとも、同じことを思った。つまり、日本経済のことなんかどうだっていいじゃないか、と思ってしまうのだ。

09/05/2002
18:11

W杯のサッカーも、キューバ音楽も一種のカタルシスとして存在するわけだから、政治や経済のことなんかどうだっていいじゃないかと思うのは当たり前なのかも知れない。

以前南米に軍事独裁政権が多かったころ、サッカーは独裁政権の矛盾を覆い隠し、国民の不満をかわすための道具になっているというようなことがよく言われた。おそらくそれは一面で正しい指摘だろう。キューバ音楽にしても似たような役割を持っている。キューバはアメリカ合衆国に経済封鎖を受けているが、キューバ音楽はそういった矛盾を隠し、国民の不満をかわすための道具なのだという指摘も一面的には正しいのだろう。

＊

わたしたちは苦しいことがあるとそれを忘れたいと思うし、忘れさせてくれるものを求める傾向がある。ただ、そのことと、日本経済のことなんかどうだっていい、と思わせる力が良質なキューバ音楽にあるということは少し違う。

「日本経済」という大きなくくりで言うと、本当はそんなものはどうでもいいのだ。この原稿を書いているのは九月初旬だが、日本の株式市場はトピックス、日経平均ともバブル以後の最安値を更新した。確かに日本経済にとって由々しき事態で、新たな金融不安が懸念され、国民は等しく危機感を持つ必要があるのかも知れない。だが、日本経済の行く末に危機感を持ったところで、ほとんどの日本人には日本経済という巨大な問題をどうすることもできない。

つまりほとんどの日本人は、「日本経済」に関与できないのだ。ただし、関与できないのだから、日本経済のことを考えたりしないで安穏とキューバ音楽を聞いていればいいのだと言いたいわけではない。考えなければいけないのは、日本経済ではなく、自分のことではないのかということだ。テレビの経済番組などでは、たとえば日本の国際競争力の低下が問題にされることがあるが、どうしてそんなことが取り上げられるのだろうか。日本の国際競争力が低下しても、自分の能力、あるいは自分の会社の生産性の国際競争力が上昇すればそれでいいはずなのに、問題になるのは「日本の」国際競争力なのだ。

そういった問題提議は、日本社会が一丸となって近代化を推し進めていたころの文脈から一歩も出ていない。明治以来、戦争中を含め、戦後復興期、高度成長期には、日本の国際競争力が上がれば国民が等しく利益を受けることができた。国際競争力が上がるということは、外貨を多く獲得できるということで、輸入食料や原料を買うことができるし、自国通貨の価値も高まり、企業の生産性が上がり、税収も増えて社会的なインフラが整い、生活全般が豊かになることを意味するからだ。

だが、現代は違う。近代化は達成され、日本社会のインフラはほとんど整ったし、国民が餓死したり凍死したりしないためのシステムも整備されている。そして、新しくバブルでも起きない限り、この先日本のGDPが急上昇することはあり得ない。たとえGDPが上昇し、日本国の経済力が上昇しても、すべての日本人の生活が今より大幅によくなることはない。あり得ない話だが、たとえ日本のGDPが今の中国のように十年続けて一〇パーセント上昇したとしても、国民が全員メルセデスを買えるわけではない。

要するに、この先景気が良くなっても、国民が等しくその恩恵にあずかるわけではない。企業の利益が増えても雇用はほとんど増えないだろうし、おそらく賃金も上がることはない。日本人の平均賃金の三パーセントでも喜んで働く大量の労働者を抱える国がすぐ近くにあるのに、少々利益が上がったからといって単純に賃金が上がるわけがない。またこの先どんなに儲かったとしても日本企業のリストラ圧力が弱まることはないはずだ。今でも日本人の平均賃金は高すぎるという指摘もある。

もちろん中には高額の報酬を取る新しいタイプのエリート層が生まれるかも知れないが、日本人全員がそういう人種になれるわけではない。つまり、これまでの日本は、たとえば都市部から地方へ、富裕層から貧困層へ、若年層から中高年層へというような富の移転を行なってきた。中央や地方の税制を始めとするさまざまな制度がそういった富の再分配を支えた。

だからいつの間にか、日本全体の景気が良くなれば自分も豊かになれるという常識が定着した。そういった常識と文脈の中で、日本の国際競争力はどうすれば上昇するかといった無意味な論議が続けられることになる。

＊

わたしは確かに金融・経済がメインテーマのメールマガジンを主宰しているが、日本経済の行く末について真剣に悩んだり考えたりしたことはない。わたしが気になるのは、たとえば政府の嘘だ。今、日本政府は弱り切っている。来年の四月に予定されているペイオフでは、どうやら全面解禁が見送られそうな気配になってきた。ペイオフ一つとっても、政府は動きのとれない泥沼に浸かっている。

ペイオフの全面解禁を見送れば、日本の金融システムがいまだに不安定であることを内外に示すことになる。それでは困るからと、ペイオフの全面解禁に踏み切れば、地方の中小の金融機関から体力のある大手銀への大規模な資金移動が起こり、多くの金融機関が潰れてしまい、連鎖的に多くの中小企業も倒産して、失業者があふれる。政府がどちらを選択しても、「全部ＯＫ」という状態にはなりようがない。そして、現在の日本政府に突きつけられているのは、どっちを選択しても「全部ＯＫ」にも「全員ハッピー」にもなりようがないという問題ばかりだ。

金融機関の不良債権問題にしても、道路公団の民営化に伴う高速道路の再検討・凍結問題にしても、医療費や年金の問題にしても、特殊法人の問題にしても、税制の問題にしても、すべて同じだ。それらの問題の解決法として、正しい方法と間違った方法があるわけではない。どうすればいいのかではなく、誰の利益を優先するのかということに尽きる。このエッセイでも繰り返し書いてきたように、ほとんどすべての国民に富を配分できた幸福な時代がとっくに終わって、配分できる富がゼロサムになってしまった。たとえば富裕層から貧困層への富の移転を続ければ、富裕層は海外へ脱出するかも知れないし、投資意欲も萎《な》えてしまうだろう。

日本経済の活性化というのは、日本全体が元気になるということではない。日本社会における富の再分配の方法を改めて、富裕層と貧困層がはっきりと区別される社会を作り出すということだが、政府もそういうことは決して言わないし、メディアもそういう論議を行なう文脈を持っていない。わたしがＪＭＭというメールマガジンを始めたのはそういう事実を明らかにしたかったからで、日本経済を憂うためではない。

だから、キューバ音楽を聞いて、「日本経済が抱える問題なんかどうでもいい」と思うのは決して不自然ではないし、もちろん間違ったことでもない。むしろ問題は、「日本経済が抱える問題なんかどうでもいい」と思えるような何かをほとんどの日本人が持っていないということだと思う。

純朴な日本外交

10/04/2002
18:06

書き下ろしを準備しているので、エッセイのテーマを探すのがやっかいだ。興味は書き下ろしのモチーフに関することばかりだが、まだ書き始めていないので、そのことを書くわけにはいかない。じゃあ、例によって、最近のわたしの主たるテーマだった日本経済について書けばよさそうなものだが、三年前とほとんど何も変わっていないので、最近は少しバカバカしくなってきた。

このエッセイで何度も書いているが、別にわたしは日本経済とか日本の将来を憂えているわけではない。日本経済の本質的な問題が隠蔽されているのがフェアではないと考えているだけだ。そして日本経済の隠蔽された問題というのは、「日本経済」という大きなくくりでは見えないことがあるということと、日本社会はすでに一律ではなくなっているということだ。

日本経済に劇的な変化は何もない。たとえば財政投融資というシステム一つとっても、それは郵便貯金を原資にして、産業を振興し、地域のインフラを作るという戦後復興期のためのものだ。そんなシステムは今はまったく不要だが、もちろん無くなっていない。不要なのになぜなくならないかといえば、単に誰かがそのシステムによって利益を得ているからだ。

財政投融資の資金は、さまざまな特殊法人や第3セクターを通して、地方自治体から、ゼネコン、地方の土建業者、衰退業種の中小企業に流れている。そういった層を既得権益層と呼ぶわけだが、日本経済の将来のためとか何とか言ったところで、既得権益層が利益の源泉を手放すわけがない。そういった構図は戦後復興期や高度成長期と何も変わっていない。

＊

日本経済という大雑把なくくり方や、日本社会が一律だという旧来の考え方は、たとえば外交を考えるときなどに悪影響がある。ブッシュ大統領はどうしてもイラクを攻撃し、フセインを倒したいようだが、もちろんそれはアメリカ合衆国や国民の総意ではない。議会の意見も割れているし、国防総省と国務省でも意見が違うし、軍の内部でも態度が違うと言われている。日本はこれまで社会的な一体感を維持してこれたので、外国も同じだろうと思いがちだ。

イスラエルだって一枚岩ではないし、パレスチナだってさまざまな党派や組織がある。国内のさまざまな集団の利害を統一してコンセンサスを作り、それを基本にして外国政府と交渉するのが外交だ。小泉首相の訪朝では、政府と外務省が、拉致被害者の八名が死亡という北朝鮮側の発表と共に、家族への初期対応を間違ったために、国民的なコンセンサスもへったくれもなくなってしまった。北朝鮮のような特殊な国家に対して、首脳同士が誠実に腹を割って話せば道は開ける、などと、本当にそういった幼児のような認識を持っていたとは思えないが、その後も目を覆うような対応が続いている。

北朝鮮・朝鮮民主主義人民共和国が国交正常化を焦るのは、国家政治体制崩壊の危機に立っているからだ。国家財政が崩壊し、国家及び政治体制が破綻の淵にある国は、外国の援助を得るためには手段を選ばない。九〇年代初頭には、旧ソ連が経済援助を得るために韓国と国交を結んだ。その交渉の際のゴルバチョフの韓国へのなりふり構わない経済援助の懇願ぶりは驚くべきものだったと言われている。

北朝鮮はギリギリまで追いつめられている。朝鮮戦争以来数百人が北に拉致されていると言われる韓国は、金正日総書記自らが日本に謝罪するなど信じがたいことだっただろう。何度となく休戦ラインを犯し、韓国兵に多くの死傷者を出した金正日は、遺憾を表明しただけで、いまだに韓国には何の謝罪もしていないのだ。

わたしは、現時点でどうして日朝の国交正常化を急がなくてはならないのか理解できない。追いつめられた北朝鮮が大量破壊兵器を開発・売却したり、金正日体制が崩壊して難民が押し寄せたりするのは安全保障上の大きなリスクだが、国交正常化交渉を早急に開始しなければそれらのリスクに対処できないというわけではない。誤解して欲しくないのだが、北朝鮮のことは無視すればいいというわけではない。食料援助とKEDOなどへの経済協力をカードとして使えばいいわけで、「国交正常化」にこだわる必要はなかった。今の日本には、急いで北朝鮮と国交を結ばなければならない理由はない。北朝鮮の側にあるだけだ。

そもそも小泉首相の訪朝そのものは成功だったのだろうか。成功だという論調が多いが、内閣総理大臣がわざわざ相手国を訪ねて得た成果としてはどうかという判断をしなければならない。まず成功だったかどうかという判断材料が乏しい。それは、何を成し遂げてくれば成功と言えるかという国民的なコンセンサスがないままに小泉首相が平壌《ピョンヤン》に行ったからだ。拉致は実際に行なわれたのか、そして行なわれたとしたら拉致被害者がどうなっているのか事前には情報がまったくなかった。だから、拉致被害者に関して、どういう結果と成果があれば首相の訪朝が成功なのかという基準がなかった。

基準がないときに、訪朝が成功かどうかを判断することは本当は不可能だ。アメリカ、中国、韓国、ロシアなどおもな周辺・関係国は小泉首相の訪朝を歓迎するコメントを発表したようだが、それは別に日本の外交を手放しで誉めたたえているわけではない。各国は、北朝鮮が政治姿勢を軟化させたことを国益に照らして評価しているだけだ。アメリカの、ネオコンと呼ばれる新保守主義の政治家・産軍共同体の勢力を除けば、朝鮮半島で緊張が高まるのを望んでいる国はない。朝鮮半島の緊張とは、第一に新しい戦争の可能性の高まりであり、第二に金正日体制の崩壊による内乱であり、第三に大量の難民の発生と拡散だ。

そんなやっかいなことを望んでいる国はない。だからとりあえず北朝鮮・金正日が政治姿勢を軟化させれば、それは周辺・関係各国の利益となる。だったらブッシュや江沢民やプーチンも訪朝すればいいではないかということになりそうだが、そんなことはない。国家元首や政府首脳がわざわざ北朝鮮に行くことには大変なリスクが伴う。暗殺の危険があるとかそういうことではない。国家元首あるいは政府首脳が平壌を初訪問するというカードは一度しか使えないというのがその最大のリスクだ。

金正日にとっては小泉首相が平壌に来ることは不可欠だった。日本国の首相がわざわざ我が国を訪れたのだという国民や軍へのエクスキューズが絶対に必要だった。北京など第三国での対談は面子を重んじる北朝鮮・金正日・人民軍にとっては不可能だった。したがって、外務省との事前交渉では、北朝鮮は第三国での首脳会談は議題にもしなかっただろう。

とにかく金正日は援助が欲しかった。外務省は、金正日が相当な譲歩と軟化を示すという事前の感触を得ていただろう。そしてその代償として国交正常化交渉の再開もすでに決まっていたと思われる。国交正常化交渉の開始は、日本にとって北朝鮮との外交交渉の最大・最強のカードだ。正常化交渉の開始をカードにして、政府・外務省は北朝鮮との交渉に臨んでしまった。そして、拉致被害者の大半が死亡という、最悪だが予測しておくべき結果が北朝鮮によって告げられたときに、国交正常化交渉というカードしかなかったので、不快と遺憾と怒りを、外交成果として示すことができなかった。

国交正常化交渉などというものは、本来の交渉の前にいくらでもクッションを設定することが可能だ。国交正常化交渉の「常態化を促す交渉」を設定することもできる。国交正常化を切り離して、食料や経済援助だけの交渉を続けることもできる。困窮して、崖っぷちまで追いつめられているのは北朝鮮だから、日本としてはやり方はいくらでもあったはずなのに、政府・外務省は、首相が相手国の首都を訪問し国交正常化交渉を共同宣言に織り込むというもっとも「お人好し」で「ナイーブ」な方法を選んだ。周辺各国が外務省と小泉首相の訪朝に拍手を送っているように見えるのは、日本と小泉首相がババを引き当てるようにリスクを引き受けてくれたからで、たぶん心の中では、「純朴な国だなあ」とあきれているに違いない。

北朝鮮とチョコレート

11/05/2002
1:32

どうしてわたしたちの社会では「恋愛」に関するエッセイとか読み物の需要が多いのだろう。考えてみればかなり不思議だ。昔より減ったのか増えているのかわからないが、とにかく書店に行けば恋愛論の類《たぐい》が山のように積んであるし、女性雑誌もいろいろとアイデアを出して恋愛やセックスの特集を続けている。そんなことを言うけどお前だって多くの恋愛エッセイを書いているではないか、と言われそうだ。弁明するわけではないが、わたしは需要に応じて書いているだけで、一般的な恋愛や、他人の恋愛には興味がない。

恋愛に関するエッセイでは、わたしはずっと同じようなことを書いてきたような気がする。つまり恋愛を最優先にしない人が充実した恋愛をすることができる、ということだ。つまりわたしたちは恋愛をするために生きているわけではないし、生き延びていくというのは恋愛に優先する。刑務所や収容所で恋愛するのは非常にむずかしいし、飢餓が迫っているときは恋愛の相手ではなく食料や水のほうが重要だ。

なんか、本当に二十五年前から同じことを書いているような気がしてきた。恋愛をテーマにした連載エッセイは、必ず途中からキューバや経済やサッカーの話題に変わり、それでも単行本になるときは「恋愛もの」として供給される。最新の恋愛エッセイ集には「格差」という刺激的な言葉を使ったが、意外に売れたので、わたしは少なからず驚いた。格差という言葉に拒否反応を持たず、興味を持つ人が少なからずいることに驚いたのだ。

恋愛に限らず格差はこれからの日本社会の変化を語るときのキーワードになるだろう。だが、本当に格差が顕在化したら、今度は禁句になってしまうかも知れない。また、具体的な格差のイメージを持つのは簡単ではない。国際線のフライトには、ファーストクラスとビジネスクラスとエコノミークラスがある。運賃も違うが、受けられるサービスも違う。最初に海外に出た頃、わたしはファーストクラスというものがあることを知らなかった。

＊

金正日によって北朝鮮に拉致された韓国人の映画監督・申相玉《シンサンオク》と女優・崔銀姫《チェウンヒ》の共著『闇からの谺《こだま》』（文春文庫）の中に、印象的なシーンがある。申相玉は北朝鮮当局によって幽閉されていたが、脱走を謀り、逮捕されて拘置所に入れられる。そこで安全員（看守）から、きみは南朝鮮でチョコレートを食べたことがあるのか、と聞かれる。申監督が、金さえあれば、いくらでも買って食べられますよ、と答えると、安全員は驚く。

「党幹部やお偉方のほかは見ることもできないんじゃないのか？」

「そんなことはありません。誰でも買うことができますよ」

というやりとりが続き、その安全員は非常なショックを受けるのだ。北朝鮮ではチョコレートを食べることができる層と、絶対に食べることができない層が厳然と分かれているわけで、もちろんそれは格差だが、格差があることを知っているかどうかで、格差への対応が変わる。つまり、安全員は、少なくともチョコレートというものがこの世の中にはあって、それを口にすることができる層と、見ることもできない層がいるということを知っていた。おそらく安全員だから知っていたのだと思う。

北朝鮮では居住する都市や区域も当局に指定され、たとえば勝手に平壌に住むことはできないらしい。出身成分という階級があり、平壌は特別区なので、成分の悪い人間やその家族は住めないのだ。成分の悪い人々は中国国境に近い山の中などに追いやられる。また北朝鮮では居住地からの移動の自由もない。ただ、九〇年代に入ってから飢餓が全土を襲ったので、買い出しのために居住地を出る人々をコントロールできなくなったらしい。しかし基本的には決められた場所から出たり、移動したりしてはいけないことになっている。

だから、山間地で農業や炭鉱で働く人はきっとチョコレートというものを知らないだろう。チョコレートというお菓子の存在を知らない人は、チョコレートを口にすることができる層と、チョコレートを見ることさえできない層がいるという事実にも気づかない。つまり、北朝鮮には、大まかに、チョコレートを口にできる層と、チョコレートを見ることさえできない層の二つがあるのではなく、チョコレートの存在そのものを知らない層と、チョコレートは知っているが見ることさえできない層と、チョコレートを口にすることができる層の、三つがあるということになる。

前述のように、初めて海外に行った頃、わたしは国際線のフライトに異なったクラスがあることを知らなかった。今、国際線のフライトに違うクラスがあることを知らない人はほとんどいないだろう。だがチョコレートとか、国際線のクラスだったらわかりやすいが、格差がすべてそういうわかりやすいものだとは限らない。

＊

チョコレートの存在そのものを知らない人は、他の誰かがチョコレートを食べて、自分は見ることさえできないということを知らないから、チョコレートを口にできる層に対して怒りを覚えることはない。また北朝鮮の拘置所の安全員も、チョコレートは党幹部やお偉方の食べものだと思いこんでいるので、食べたいときにいつもチョコレートを食べることができる層に対し怒りを持ちにくいだろう。つまり、そこに格差が存在しても、格差の具体性に気づかない人や、その格差が当然のことだと思っている人は、格差に対して怒りを覚えない。

たとえばその拘置所の安全員が、チョコレートについて怒りを覚えるのはどういう場合だろうか。彼は申監督が漏らした韓国の情報に驚いた。韓国では誰でもチョコレートを食べることができる、と聞いてびっくりしたのだ。韓国では誰でも食べられるのに、どうして北朝鮮では党幹部とお偉方以外にはチョコレートを目にすることもできないのか、と安全員は考え始めることだろう。それがたかがチョコレートでも、少しでも不満めいたことを漏らし、それが保衛部（公安・治安警察のようなもの）などに密告されたら、即逮捕されて収容所に送られる。だからその安全員は滅多なことではチョコレートの件を誰にも話さないだろうが、チョコレートを食べられる層とそうではない層について、考えはするだろう。

言うまでもないが、その安全員に起こった変化は外部からの情報によってもたらされた。だから、たとえば現在の北朝鮮のような独裁国家では情報の遮断が最重要となる。北朝鮮では、ラジオでさえも、購入するときは当局の許可が必要で、しかもチューナーは国営放送しか聞けないようにハンダで固定されるのだそうだ。

格差は本質的に危険なもので、それが顕在化すると社会は不安定になるから、権力は何とか隠蔽しようとする。また、格差によって不利益を被《こうむ》っている層は、無意識のうちに格差から目をそらそうとする。チョコレートを知らなければ、特権的にチョコレートを口にする人たちに怒りを覚えることもないからだ。

現代の日本で、考えてみたら奇妙だということはたくさんあって、たとえば大都市の公園に必ず住みついているホームレスもその一つだ。公園に仮の住まいを作って居住するのは違法だが、W杯のような特別な国際的な催しがあるときを除いて彼らは排除されることがない。だが、「国境なき医師団」が日本のホームレスの健康状態に懸念を表明しているというのに、行政は公式に救済しようとしない。つまり、排除もしない代わりに、救済もしないというおかしな態度をとり続けている。

ホームレスは、現代の日本社会の格差の象徴の一つだ。彼らは最低限のサービスも受けることができない。そして排除されないが、救済もされない。ホームレスを排除しても、救済しても、格差が露呈する。ホームレスが象徴する格差を隠蔽するためには、排除もせず、救済もしないという態度がもっとも効果的だが、わたしは行政が意識してそういった隠蔽工作をしているとは思っていない。救済するには予算がないとか、強制的に排除すると世論がうるさいとかいう理由で、「何となく」放置しているのだろうと思う。

そして、わたしたちの社会は、そういった状況を受け入れている。排除を促すわけでもなく、救済を訴えるわけでもない。格差が露呈されてしまう事態が避けられるのならそのほうが居心地がいいのだ。ただこれ以上格差が顕在化したときに、何が起こるのか、わたしには想像がつかない。それは「米寄こせ」みたいな街頭行動ではないような気もする。もっと陰湿で過激な、たとえばネットを使ったものになるのかも知れない。出会い系に集まる人々が「チョコレート」の存在に気づいたときに何が起こるのか、わたしはあまり考えたくない。

恵まれていない作家としてのわたし

海外のメディアの取材を受けることが増えた。以前はたとえばドイツのテレビ局とかイギリスのラジオ局とかから「日本の若者」について意見を求められるというようなことが多かったのだが、最近は日本の経済状況についての取材が多い。わたしとしても海外のメディアが日本経済をどう見ているのかという興味があるので、時間が許す限り取材に応じるようにしている。

しかしどうして海外のメディアが日本の経済状況についてわたしに取材するのだろうか。以前ウォールストリートジャーナルの、「ウォールストリートジャーナルの読者は知らないだろうけど本当は知っておいたほうがいい海外の文化・経済人」という欄に載ったことがあるが、フランスと東アジアを除けば、翻訳されている作品は多いとは言えない。

海外のメディアがわたしに会いたいと指名するわけではないようだ。

メディアの招聘元は、日本のさまざまな機関、つまり外務省、その外郭団体、経済団体、

12/05/2002
0:33

そういうところだが、担当者が、わたしに会ってみるようにと海外のメディアに勧めることが多いらしい。担当者がＪＭＭというメールマガジンの読者であることも多い。

わたしはいわゆる市場主義者でもないし、またナショナリストでもない。だが市場主義者的な部分もあるし、またナショナリスト的な部分もある。英語に翻訳されている作品は『限りなく透明に近いブルー』と『コインロッカー・ベイビーズ』と『69』の三作しかないので、それらを読んだ英語圏のジャーナリストは、ロックとドラッグとバイオレンスの作家にどうして日本経済のことを聞かなくてはならないのかと怪訝《けげん》に思うかも知れない。

もちろんわたしは経済の専門家ではないし、政治や社会学に詳しいわけでもない。作品の取材として確かに経済の本を多く読み、分子生物学や免疫の勉強もしたが、そんなものたかが知れている。

海外のメディアの招聘担当者がわたしを推薦するのは、おそらくわたしがデビュー以来ずっと日本社会の傍流に位置してきたからではないかと思う。わたしは文壇の主流となったこともないし、社会的なマジョリティに歓迎されたこともない。わたしはいつも外側から日本社会を見てきたような気がしている。わたしを推薦する人は、そういう視点を海外のメディアに提供したいのだろう。

＊

わたしはほとんど愚痴をこぼすことがないが、たまにごく親しい編集者などに不満を言うことがある。

「おれは二十六年間、小説を書き続けていて、新作を出せば、必ずそこそこ売れて、話題になり、書評などにも取り上げられる。二十六年間にわたって、そういうことを続けた作家が今まで日本にいただろうか。たいていは歳をとると、自分の身の回りのことや食い物や庭などについてのエッセイを書いて、時事問題を語ったり、文学賞の審査員をいくつも掛け持ちしたりして、あまり新作を書かなくなり、というか書けなくなり、枯れていって、権威で食っていくようになるものだ。おれは一切そういうところがないのに、その割には恵まれていない」

みたいなことを言うと、編集者は、どこが恵まれていないんですか、と聞く。新作を出してもたったの十万部しか売れないじゃないか、とわたしは答える。今どき十万部を売る作家なんて数えるほどしかいませんよ、と編集者は言うが、わたしのデビュー作は百万部を軽く越えて売れた。以来わたしには、小説というのは書けば百万部売れるものだという刷り込みがなされてしまったのだ。

小説を書けば必ず百万部売れる、本当にそう思っているのかといえば、もちろんそんなことはない。だがときどき、これはひょっとしたら百万部くらい売れるかも知れない、と思うことはある。百万部売れる作品など一生に何度もあるものではない、とよく言われるが、確かにそうだと思う。そして作品の質が売れ行きと比例すると思っているわけでもない。でもわたしは自分の作品の売れ行きに不満を持ち続けている。もっと売れてもいいのではないかと思ってしまうのだ。

そういう欲望がなくなったらやばいのかも知れない。わたしにはいつまで経っても満足がないが、満足してしまったら無自覚のうちにモチベーションが落ちるのかも知れない。

昨年、『最後の家族』という作品を書いたとき、テレビの連続ドラマになったこともあって、これが百万部売れたら作家を止めるかも知れないなという危機感を持った。しかし以前このエッセイにも書いたが、幸か不幸か『最後の家族』はやはり十万部しか売れなかった。

ポール・マッカートニーはどうしてあるときからヒット曲を書けなくなったのだろう、とわたしは考えることがある。「オール・マイ・ラヴィング」は歴史的な名曲だが、あれほど単純な曲もない。

だが、もうポール・マッカートニーも、そして他の誰も、ああいうシンプルできれいな曲を作ることができないという予感がある。バート・バカラックも一時期名曲を量産した。バート・バカラックが大ヒット曲を量産していたのは、いったいどのくらいの期間だろうか。十年間ではない。おそらく五年、あるいは三年かも知れない。

スティービー・ワンダーが信じられないような名曲の数々を作り出していたのは、どのくらいの期間だろうか。ポール・サイモンやビリー・ジョエルやエルトン・ジョンはどうだろう。彼らは、ある期間すばらしい曲を作り、あるときにぱったりと曲を作るのを止めてしまう。いや作曲は続けているのだろうが、ヒット曲を生み出すことができない。能力がなくなったわけではないと思う。それでは何がなくなったのだろうか。

昔は誰もが知っている童謡が多くあった。童謡は、子ども用の歌なので、どれもとてもシンプルだ。「お手手つないで」や「青い目の人形」「赤い靴」何でもいいのだが、あれほどシンプルなメロディーラインの曲が、どうしてあのころに生まれて、どうして今は誰も作ることができないのだろうか。「荒城の月」も「花」も「月の砂漠」もあきれるほどシンプルだが、もう二度とそういった美しい曲はこの日本に生まれないような気がする。

その理由を考えるのがこのエッセイのテーマではない。対位法やフーガの技法はすべて解明されているのに誰もバッハを超えるバロック音楽を作れないのと同じ理由かも知れない。はっきりしているのは、理由はどうであれ、どんなに才能を持った人でもいつまでも永遠にビビッドな作品を作り続けることができるわけではないということだ。

当然例外もある。モーツァルトはほとんど死ぬまですばらしい作品を作り続けた。モーツァルトは三十四歳という若さで夭折《ようせつ》したので特にそういった印象があるのかも知れないが、とにかく彼の創作は死ぬまで衰えなかった。モーツァルトの場合は借金がモチベーションになっていたという説もあるが、しかし多額の借金を抱えていた音楽家はモーツァルトだけではないはずだ。そう言えばわたしにもかなりの銀行ローンがあるが、借金さえあればいつまでも作品を作ることができるというわけでもないと思う。

＊

そもそも音楽家はなぜ音楽を作り、作家はなぜ小説を書くのだろうか。食うためだという見方もできるし、使命感という考え方もできる。ただ間違いないのは、「何かを伝えるため」ということではないか。その「何か」というのは広義の「情報」だろう。表現者は伝えたい何かを持っている人だということができる。表現者でなくても、伝えたい情報は人間ならみんな持っているのかも知れないが、表現者以外のたいていの人は作品を作らなくても日常のコミュニケーションでほとんど伝わってしまう、というようなことも言えるかも知れない。

そして、何かを伝えるのが表現者だとしたら、自分が伝えたいことを全部伝えてしまった表現者には、もう伝えたいことがないということになる。

「伝わった」という自覚は何によって生まれるものだろうか。わかりやすいのは、金と名誉だろう。小説なら部数と賞だ。大変な部数が売れ、多くの賞をもらえば、「ああ自分の作品は多くの人に伝わったんだな」と思えるかも知れない。

キューバのアーティストたちの音楽に対するモチベーションがまったく落ちないのは、経済的に、またクリティカルに、自分たちは世界にまったく受け入れられていないと、彼らが強く思っているからだ。わたしもキューバ人アーティストと同じように、自分の作品について思っている。

金正日以外に交渉相手はいないのか？

01/04/2003
18:14

アメリカがイラクへの攻撃を本当に始めそうになっている。この原稿は二〇〇三年の正月に書いているが、活字になるころにはアメリカの地上軍がイラクへの侵攻を開始しているかも知れない。アメリカ政府の新保守派と呼ばれる人々は、九・一一以来強大な発言力と影響力を持って世界に君臨しようとしているように見える。本当にイラクを攻撃してフセインを倒し、アフガニスタンのように傀儡《かいらい》政権を作るつもりなのだろうか。

かつての国際的合意である「内政不干渉」という原則からすれば、アメリカの新保守派は異常な野心を持っているということになる。彼らがイラクやアフガニスタンに干渉するのはなぜなのだろうか。地理的に、イラクからアメリカは遠く離れているし、イラクがアメリカに対して戦争を起こすのは不可能だ。イラクの大量破壊兵器製造の疑惑がアメリカの攻撃の理由らしい。大量破壊兵器を世界でもっとも大量に持っているのは言うまでもなくアメリカだ。アメリカの核兵器がまったく問題にされることなく、イラクの大量破壊兵器だけが問題にされるのは、本当はどう考えてもおかしいことだが、九・一一以来そんなことはどうでもいいことになってしまった。アメリカの新保守派と呼ばれる人々はどういう世界戦略を持っているのだろうか。確かにこれまでの歴史では、世界の覇権を握った国は必ず拡張主義を取ってきた。労働力を含めた資源・富を獲得しようとした。アメリカの新保守派が中東と中央アジアのエネルギー資源を確保しようとしているという指摘がある。

ただ昔と違って、力で制圧しなくても、今は金さえあればいくらでも資源は買うことができる。石油や天然ガスの生産国も、開発して売らなければ経済的にやっていけない。フセインも石油を売らなければ何もできない。アメリカは、中東や中央アジアの資源の開発に出資できるし、有利な契約を結んで、安く買うこともできる。ほとんど資源のない日本はそういうやり方でエネルギーを確保するしかない。戦争を仕掛けて政権を倒し、傀儡政権を作って資源を確保しようというのは恐ろしくコストがかかる。

中央アジアの資源を確保するという目的があって、アメリカがタリバンを倒したのだったらそれは合理的ではない。タリバン政府に多額の援助をして、しっかりした条約と契約を結び、自陣に引き寄せればよかったのだ。今さらそんなことを言っても意味はないが、タリバン政権を援助していたら、ビンラディンは今よりももっと孤立して、アルカイーダも大規模なテロを実行する力はなかっただろう。わたしはアメリカを批判しようとしているのではない。このエッセイでアメリカを批判してもアメリカの新保守派には届かない。

ただしアメリカの新保守派の意図を考える必要はあるだろう。その上で、アメリカの新保守派が合理的かそうでないかを判断する必要がある。あなたたちの考えは合理的ではないから改めたほうがいいですよ、と言っても、はいわかりました、と彼らが考えを変えることはない。彼らの考えを変えさせるということではなく、何のためにイラクを攻撃しようとしているのかがわからないと、わたしたち一人一人が世界観を見出すのが不可能になる。

現在わたしたちは「アメリカが正義だ」という考え方をとりあえず受け入れている。もしアメリカが正義ではなかったら、九・一一以来の世界史は恐ろしくねじ曲がったものになってしまう。だから日本の政府やマスメディアは、アメリカが正義だという前提で外交政策を考えたり、報道したりしている。

タリバンが崩壊して、カルザイがトップの暫定政府ができた。そのことは正義によって成し遂げられたという前提があって、その前提がアフガニスタンの現状を見るときの視点になっている。

＊

アメリカによるイラク攻撃を世界が容認するということは、内政不干渉の原則が崩れるということだ。民族の自立と国家の独立が最優先事項だったころは、内政不干渉は国際間の当然の原則だった。アメリカの、特に共和党は、もともと不干渉主義を取っていた。第一次、第二次大戦に遅れて参戦したのは当時は不干渉主義が優勢だったからだ。

だが最近になって、人権か内政不干渉かということが国際的に言われるようになった。ピノチェトに逮捕状が出て、ミロシェビッチは実際に逮捕され裁判にかけられている。ミロシェビッチは裁判でいっさい弁明をせずに、裁判そのものが茶番だと主張しているようだ。内政不干渉という原則に立てば、ミロシェビッチの主張は無視できるものではない。ミロシェビッチの裁判は国際社会の新しいフェイズを象徴している。国際社会は、人権を基に国家元首を裁くことができるようになりつつある。

だがそのことが、国際社会の進歩につながるのか、あるいは先進国の影響力強化につながるのか、いまだにはっきりしない。「内政不干渉か人権か」という問題は、たとえば北朝鮮に関しては非常にシリアスだ。拉致問題の進展のあと、日本では、九〇年代に行なわれた食料援助が問題になっている。拉致に言及することなく米を送ったことが、人道上やむを得ないことで、北朝鮮国民を救ったのか、あるいは金正日の独裁体制を支えただけだったのかが議論されている。

送られた米が、どのくらい北朝鮮一般国民の飢えを救ったのか。正確なことは誰もわからない。モニタリングできなかったからだ。隣国の人が飢えているのを放っておくのか、と言う人もいるし、米は一般の国民には渡らず軍や政府の要人が横流しして私腹を肥やし権力基盤の強化につながっただけだと言う人もいる。繰り返すが、正確なことは、金正日とその側近以外誰もわからない。

ただ一つだけ確かなのは、人道支援の米が一般国民に届いているかどうかモニタリングをしなければいけないという考えが日本の関係者にまったくなかったことだ。モニタリングは簡単だ。金正日から、日本のNGOやジャーナリストに対し、百枚単位で無制限の取材パスを出してもらえばそれで充分だ。日本の外務省にはそういった発想がなかったし、おそらく今もないだろう。

日本政府は北朝鮮との国交正常化交渉を進めようとしている。交渉の相手は金正日だろう。金正日という国家元首は交渉の相手として信用できるか、という質問に対しては、信用できるかどうかわからないが金正日総書記以外に交渉相手はいない、という答えが返ってくるだろう。その考え方は、内政不干渉の原則に立つものだ。だが国際法廷が金正日を有罪として逮捕するような事態になれば、そういった考え方は間違っていたということになりかねない。

＊

アメリカがイラクに示している態度は、「信用できるかどうかわからないが金正日総書記以外に交渉相手はいない」というようなものとはまったく別のものだ。日本政府は、対イラクではアメリカの態度を支持し、北朝鮮に対しては正反対の態度を選んでいる。

アメリカが本当にイラクを攻撃するのかどうか、わたしにはわからない。ブラフかも知れない。少数派だろうが、できれば戦争はしたくないと思っている政治家や軍人もいるのかも知れない。それでも、とにかく中東で数万規模の戦闘部隊を展開する。フセインのような独裁者に対しては、強硬姿勢が不可欠だからだ。フセインがアメリカの脅しに屈して全面的に妥協すれば、アメリカの「外交」は見事に成功したと言えるだろう。

新保守派以外の人たちは苦しい政策論争と権力闘争を強いられているようだ。国務長官のパウエルはその代表だが、演説では強硬な姿勢を見せて、弱腰ではないことを示そうと努めている。イギリスのブレアにも似たような戦略があるのだと思う。ブレアは現在唯一のアメリカの理解者だが、追従者ではない。イギリス軍はアメリカと共に多国籍部隊を構成しているが、ブッシュに対して「国連を無視してはいけない」という説得ができるのは、今となってはブレアだけだろう。

ブレアはそういった影響力をアメリカに対して持つために、自らイギリス議会と労働党に対し必死の説得を行なっている。イギリスはアメリカに敵対できないが、追従者にもなれないのだという姿勢が伝わってくる。わたしはブレアが好きだというわけではないが、政治家としてよく理解できる。反発したり追従したりするのではなく、外交ではアメリカを相対化し、経済では市場主義を相対化して、もっとも合理的な戦略を考える、ブレアがやろうとしているのはそういうことだ。

客観的事実・又聞きの情報・個人の意見

02/05/2003
2:25

新しいPowerBookが来た。ＯＳがXになって、勝手が違う。勝手が違うが、ＣＰＵもメモリもほとんど最大最速なので、処理能力はものすごく速い。ついでにブロードバンドも導入したら、これまでのＩＳＤＮとは比べものにならないくらい速くなった。使い勝手が違うのでイライラするが、能力がものすごいので、ついバカなのはＰＣではなく自分なのではないかと思ってしまい、かなり消耗する。

とにかく一日中ＰＣと格闘して、他のことを考えることができなかった。新しいPower-Bookでこれを書いているわけだが、移し忘れたファイルがときどき出てくるので、古いPowerBookもすぐ隣に置いている。

使われなくなった古いPowerBookはどことなく寂しそうだ。感情があるわけないのだが、わたしはこれまで使ってきたPowerBookも、捨てることなく全部すぐそばに置いている。

原稿や画像のファイル、アプリケーションソフトなどは全部コピー済みなので、別にPC本体を保存しておく必要はないのだが、どういうわけか捨てるのは忍びないという気持ちになってしまう。わたしは神秘主義者ではないから、PCが感情を持つとか、感情移入するとかそういうことはない。

ただ、ときどき不思議なことは起こる。新しいPowerBookが来ることが決まったとき、わたしは、このPowerBookともいろいろな場所に行ったな、と懐かしく思い出した。

わたしは一人旅が多い。数年前からメールを使うようになり、必ずノートブックを海外にも持っていくようになった。九八年のフランスW杯のときは、フランスの田舎のシャトーホテルでモジュラージャックを探すのに苦労したり、カードモデムが壊れて、パリまで戻ってMacショップを探して走り回ったりした。これまで四台のPowerBookを使ってきたが、それぞれに、NYやキューバやペルージャや、その他いろいろな街の思い出がある。

キーボードを叩きながら、もう一緒に旅をすることはなくなるな、と思った瞬間、それまでほとんどフリーズすることのなかったPCが急に凍り付いた。少し怖くなって、何か話しかけようかと思った。お前のことを忘れるつもりはないよ、とかそういうことだが、PCに話しかけるのはやばい感じがして、止めた。

そのPowerBookは、過去に他にも不思議なことを起こしたことがあった。『二日間で四人の女とセックスする方法』というタイトルの小説を連載中のことだ。

ミキという名前の登場人物がいて、そのミキの告白を書いていて、最後に、「ミキはそう言った」と書いた瞬間に、何度もフリーズしたのだった。他にはフリーズの原因が見当たらないので、試しにミキをマキに変えたら、それ以来フリーズはなくなった。ＰＣに関する神秘主義的な経験は他にもあるが、そんなことを並べ立ててもしょうがない。

原稿を書くのはわたしの仕事だが、それは決して日常ではない。もう二十数年書いているわけだが、何十年経ってもそれは日常ではなく特別な時間だ。しかも当たり前のことだが、小説やエッセイを書くときわたしは一人で誰とも話さないし、たいていは部屋にはわたし以外誰もいない。しかもそうやって書くことでわたしはほとんどの生活の糧《かて》を得ている。一カ月間、誰にも会わずに箱根にこもって書き下ろしを書いたこともあった。

そういうとき、万年筆と原稿用紙だと、それを単なる道具だと思うことができる。ほとんど使うことがなくなった万年筆だが、もちろん捨てていない。捨ててはいないが、たとえば万年筆に思わず話しかけることはない。インクが漏れて原稿用紙を汚しても、おいおい何をやってるんだよ、みたいなことを万年筆に向かって呟《つぶや》くことはない。

ＰＣは少し違う。もちろんＰＣに話しかけるというわけではないが、どこか、一緒に作品を作っているという感じがある。わたしは文字を書いているわけではなく、ＵとかＳとか表面に描かれた細かいプラスチックの正方形のキーを叩いているだけだ。タイピングが速くなったので、浮かんでくる言葉と文章を頭の中で組み立てながら、キーボードを打つ。するとモニターのウィンドウの中で言葉が組み合わされていく。

　小説を書くときは、かなり体力や脳を酷使するので、その負荷を忘れることはない。そして、あり得ない話だとわかっているのだが、何となく、その負荷をPCとともに味わったような気分になることがあるわけだ。

＊

　長々とPCのことを書いてしまったが、今月はスペースシャトルが爆発するという事故があった。また、この原稿が活字になるころは、アメリカ軍がイラクを攻撃しているかも知れない。スペースシャトルが爆発した翌日の日本のニュース番組では、日本人の識者に、爆発の原因を尋ねたりしていた。もちろんNASAはまだ原因を発表していなくて、今後徹底的に原因を究明したいとだけコメントしていたのだが、そういう状況でも、日本のメディアは「独自に」原因を推測していた。

　日本人同士で勝手に推測し合うことに何の意味があるのだろうとわたしは思った。当事者であるNASAがまだ何も発表していないときに、いったい何がわかるというのだろう。NHKだったと思うが、NASAの建物の前から記者がコメントする中継映像を流していた。まだ何もわかりません、というようなコメントだった。

どれほどスペースシャトルに詳しい人でも、あの時点では何もわからないはずで、そこで話されることは推測にすぎない。そのことはおそらくよほど無知な人か、ナイーブな人でない限り自明のことだろう。念のために確認しておくが、わたしが言っているのは、シャトルが爆発した翌日の各ニュース番組のことだ。

単なる推測にすぎない情報をニュース番組で流す。だがそういったことは他のテーマでも、別に変だと思われることもなくごく自然に行なわれている。かつての湾岸戦争でもそうだったし、アフガン戦争でも同じだった。（この原稿を書いているのは二月の初旬でまだアメリカ軍によるイラクへの攻撃は始まっていない）イラク情勢や北朝鮮の核疑惑の伝え方にしても基本的には同じだ。

ただし、中東問題、アフガンやイラク情勢については、それぞれの専門家がいて、情報がある程度入ってくるので、とりあえずの分析ができる。「アフガンの治安が回復するには相当の時間がかかると思われます」みたいなことを言うことができる。だが現実にアフガニスタンで起こっていることを正確に把握し、これから実際に起こることがわかるわけではない。

北朝鮮の核疑惑にしても同じことだ。北朝鮮に関してはほとんど情報がないので、「はっきりしたことはほとんど何もわからないにもかかわらず、推測に基づいて識者がいろいろとわかっているようなことを言う」ということが堂々とまかり通っていてわかりやすい。北朝鮮のことは本当に誰もわからない。アメリカの国務省も、韓国や日本の外務省も、たぶん非常に限られた情報しか持っていない。

北朝鮮が本当に核兵器を開発していて、すでに所持しているのかどうか、ひょっとしたら北朝鮮の内部でも知っているのは金正日と、側近の将軍たちと科学者だけかも知れない。

錯綜する情報を整理するためには、歴史的・客観的事実と、メディアや当局から流れてくる情報と、推測や個人的意見をはっきりと区別しなければいけない。歴史的・客観的事実とは、たとえばイラクが自国内のクルド人に対して化学兵器を使用したことがある、というようなことだ。多くの人のレポートとクルド人の証言がある。また、たとえば北朝鮮では金正日個人がほとんどすべての決定権を持っている、というのも客観的事実だろう。

そういう風に考えると、歴史的・客観的事実だと思っていることが、メディアの未確認情報や、識者や当局の推測と混同されていることが多いのに気づくだろう。シャトルの爆発の翌日のニュース番組では、情報が限られているにもかかわらず、事故について推測で語られていた。

しかし、事故の翌日という時点でも、それが客観的事実だとわかっていることがあったのに、そのことはほとんど話題にならなかった。それは、NASAの予算が削られ続けたということだ。「こういった悲惨な事故があっても宇宙への夢を持ち続けましょう」みたいなことが盛んに識者によって言われていた。ほとんどの人が宇宙旅行や宇宙ステーションが実現することを望んでいるわけで、問題は、夢がどうのこうのということではなく、アメリカ合衆国に宇宙開発を進めるだけの充分な資金がない、ということなのだ。

それにしても、北朝鮮が核兵器を所持している、というのは客観的な事実なのだろうか？

国家とは何かという憂うつな問い

03/05/2003
15:27

この原稿が活字になるころには米英軍中心のイラク攻撃が始まっているだろうか。日本政府及び外務省は米英を支持するようだが、なぜそうするかの明確な説明はない。聞こえてくる報道によると、北朝鮮問題を視野に入れるとアメリカの協力が不可欠なのでイラク攻撃を支持しないわけにはいかないのだそうだ。北朝鮮もイラクも独裁国家なので武力攻撃を選択肢に入れた交渉が必要なのだというのが日本政府・外務省や一部のメディアなどの基本姿勢になっているようだ。

いっそのこと、日本はアメリカから嫌われてしまったら経済的にも安全保障の面でもやっていけないので何でもかんでも支持せざるを得ないんです、と正直に言ったほうがわかりやすいのではないだろうか。

仕事でアラスカとLAに行ったが戦争前という重苦しい雰囲気は感じられなかった。政治経済の中心であるワシントンやNYから離れているせいもあるのだろうが、アンカレッジも

LAもどこかのんびりしていた。しかし、戦争が迫っているからといって、アメリカ人にとって自国が攻撃されるわけではないので、切迫した印象がないのは当たり前なのかも知れない。

かつてアメリカがベトナムに介入して旧北ベトナムを爆撃していたとき、戦争に反対する人々はおもに人道的な立場から発言・行動し、支持する人々は共産主義イデオロギーの拡散阻止をその拠り所としていた。今、共産主義国家はほとんどなくなりベトナムは市場経済を目指している。

かつての敵同士であるアメリカの元国務大臣と旧北ベトナムの政治家や将軍たちが話し合うドキュメンタリーがあった。

その中で、旧北ベトナムの政治家と将軍は、共産主義を単純に受け入れるつもりはなかったと発言し、アメリカ人の元国務大臣は、それならば戦争は不要だったのかも知れない、というニュアンスで応じていた。

そのことにいつ気づきましたか？　と旧北ベトナムの将軍が質問し、マクナマラが、たった今です、と答えると、それは少し遅すぎましたね、と将軍が笑いながら言った。

現在のイラクを巡る状況はかつてのベトナムとは違う。だが共通点はある。アメリカが実際に軍事攻撃をする意図がわかりにくいということだ。

石油の利権といってもイラク一国の埋蔵量は絶対的なものではない。大量破壊兵器を破棄させるためだといっても、たとえ生物化学兵器を破壊できたとしてもテロの危険が去るわけではない。たとえばサリンがいかに簡単に作れるかはオウムの事件を見ればすぐにわかることだし、他にも危険な物質はたくさんあって、それらをすべて破棄したり、コントロールするのは、アメリカがどれほど強力な軍事力を持っていても不可能だ。

九・一一以降、国際社会対テロ組織というわけのわからない構図が作られて、日本のメディアなどはそれを無批判に受け入れてしまった。

アルカイーダの標的はアメリカだけかも知れないのに、アメリカの圧力によって、それは国際社会全体の脅威ということになった。それで、アメリカでも欧州でも日本でもいまだにテロは起こっていない。そしてビンラディンもまだ生きているようだ。

つい忘れがちになるが、一昨年秋のアフガニスタンへの軍事攻撃はビンラディンを逮捕・殺害し、アルカイーダを殲滅《せんめつ》するためのものだった。

イラク攻撃を控えて、アメリカ政府は自国民にしきりにテロの危険性を訴えているが、テロの危険性が減っていないのなら、何のためのアフガニスタン攻撃だったのだろうか。

＊

アンカレッジでは、氷河を見たり、生牡蠣やキングクラブを食べたりしたが、知人の紹介で、わたしの小説を読んだことがあるというジャーナリズム学を教えるアラスカ大学の教授のインタビューを受けた。非常に知的で美しい女性で、イラクのこともあって世界中からアメリカは嫌われている、と嘆いていた。

アメリカという国は一つだが、その中で生きる人は一様ではないとわたしは言った。アメリカ政府内にも、軍の内部にも、国務省や国防総省も、全員が戦争を望んでいるわけではない。アメリカがイラクを攻撃するからといってアメリカ人全員が罪を背負うわけではない。

わたしもたとえば韓国などで戦争中の旧日本軍の行為について日本人としてどう思うのかと指摘されることがあるが、国家と国民を単純に結びつけて考えるのは危険だと答えるようにしている。わたしはそういうことを言った。

罪のないイラクの子どもが空爆で死ぬことには正当性があるのかといった疑問に対して、攻撃支持派の人は、フセインのような独裁者を選んだ国民には責任があるのだと応じる。アフガニスタンのときも同様だった。空爆で大勢の市民が死んだが、タリバンという政権を支持していたのだから当然だと言う人が大勢いた。だったら、広島や長崎で死んだ日本人も当時の日本の軍国主義を支えていたのだから死んで当然だということになるのだろう。

そういった問題を考えると、国家とは何かという問いが生まれる。国家を定義する哲学的な問いではなく、国家的な犯罪に一般国民はどういう責任をどこまで負うべきなのかという問いだ。

わたしはまだ考え始めたばかりで、いまだ答えはない。

北朝鮮が暴発し、韓国や日本を攻撃するのではないかと言う人もいる。そういった可能性はもちろんゼロではない。だが何のために北朝鮮が韓国や日本を攻撃してくるのかという議論はあまり目にしない。

そもそも戦争はどのような理由で始まるのか、ということだ。わたしたちは、二〇世紀の戦争の歴史を前にして、人間や国家はどういうわけかときどき戦争をしたくなるものだというように、曖昧に考えがちだ。しかし戦争にはモチベーションがある。

二〇世紀型の戦争の多くは資源や市場や領土を巡って戦われた。太平洋戦争はおもに中国の市場を巡る日米の戦いで、八〇年代には、日本は戦争に負けたが中国の市場を巡る戦いには結局勝利した、などとおだてられていた。

欧州の第一次大戦は、直接にはオーストリア皇太子の暗殺で始まったが、領土と市場を巡る各国の利権が複雑に絡み合っていた。

第二次大戦は欧州の資源と市場を巡って起こった。だが、北朝鮮が日本の資源と市場を奪うために戦争を起こすとは考えられない。日本には鉱物資源がほとんどないし、また北朝鮮はソウルを火の海にし、日本にミサイルを撃ち込むことはできるだろうが、軍事占領などはできるわけがない。戦争末期の日本のように国民の暖房用の燃料もないような状態で戦争が続けられるわけがない。

たとえば北朝鮮の何百倍も豊かなシンガポールという小国家があるが、どこかの国がシンガポールを攻撃し、占領してもその富を奪うことはできないだろう。シンガポールが持っているのは石炭や石油や金などの単純な資源ではなく、もっと付加価値の高い金融やＩＴなどの技術だからだ。

仮にシンガポールを軍事占領しても、占領軍は国際社会から攻撃され孤立するだけで何も得ることができない。

それでは北朝鮮は何のために、どういう場合に日本を攻撃するのだろうか。それはまず、今攻撃しなければ自分たちが攻撃されるという場合だろう。

だが軍事攻撃という選択肢は、実行した瞬間にゲームオーバーとなってしまう。自衛隊と米軍と韓国軍によって、北朝鮮という国は消滅し、国家として二度と立ち上がることはできないだろう。だから北朝鮮は絶対に攻撃してこないと言いたいわけではない。

戦争のモチベーションが変化しているのに、以前の戦争の概念で現代の問題を語るのは馬鹿げているということだ。

すべてをわかっている人はいない

04/05/2003
14:18

この原稿を書いているのは四月初旬だが、イラクを攻撃する米英軍はバグダッドまで二〇キロの地点まで迫っているそうだ。この原稿が活字になるころには戦争は終わっているだろうか。

戦争は終わっているだろうかと書いて、戦争はどういう風に終わるのだろうと考えてしまった。第二次大戦では、ヒトラーのいるベルリンの地下壕にソ連兵が殺到し、また太平洋戦争では日本に原爆が落とされ、ソ連が参戦し、日本本土に一人の米兵も上陸しないうちに終わった。

ベトナム戦争は、ベトコン・南ベトナム解放戦線が当時の首都であるサイゴンを制圧して終わった。湾岸戦争はイラクがクウェートから撤退して終わった。ユーゴの戦争はコソボの空爆で休戦が決まった。

今回のイラク戦争はどういう形で終わるのだろう。フセイン大統領が、亡命するか、死ぬか、無条件降伏をすればそれで終わるのだろうが、それ以外の場合はどうなるのだろう。バグダッドが廃墟になるまで続けられるのだろうか。アメリカ政府と軍は、フセイン政権が倒れるまで、あるいは無条件降伏をするまで攻撃を続けると明言している。

イラク戦争は情報戦でもあったと記憶されるだろう。アメリカは情報戦でも圧倒的な力を持っているが、イラクも対抗しようとしている。日本で受け取ることのできるのは、そのほとんどがアメリカから提供される情報だ。

日本のテレビ局や新聞社所属の記者は戦争が始まってからすぐに全員バグダッドを離れた。まるで当然のことのようにそそくさとバグダッドを離れたので、わたしはびっくりした。日本人ジャーナリストで残っているのはフリーの人たちだけだ。たとえばNHKは恥ずかしくないのだろうかと思う。勘違いしないで欲しいのだが、わたしは死を覚悟でバグダッドに残るべきだと言っているわけではない。NHKの場合、アンマン、カタールの米軍司令部、空母キティホーク、アメリカ軍の補給部隊などに取材記者が派遣されている。

「それではバグダッドの今の様子を、隣国ヨルダンの首都であるアンマンのD記者に聞いてみましょう」

と言って、レポートが始まるのだが、わたしは、アンマンにいてバグダッドの何がわかるのだろうといつも疑問に思った。アンマンにいて、どういうリソース・取材源でバグダッドの様子をレポートしているのかがわからない。そこには、アンマンはイラクの隣国なのでそれなりにバグダッドのことがわかるのです、という古い常識による了解がある。一般国民に情報を「整理して」与える、というような近代化途上の傲慢《ごうまん》な考え方だ。

アンマンにいる記者は、CNNやBBC、それにインターネットでとっくにわたしたちが知っていることを、さも「自分で見てきたことのように」レポートするだけだ。

四月初旬というこの時点での、戦争の行方を考える最大のポイントは、バグダッドはどうなっているのか、市民は何を考えているのかということだろう。どういう形であれ、フセインが市民の支持を失えば戦争はあっという間に終わる。

わたしたちは、事実としてわかっていることと、わかっていないことを正確に区別した報道を求めている。自分の目で見たことと、伝聞と、自分や誰かの意見を区別すること、それが情報が錯綜する戦争をレポートするときの基本姿勢ではないだろうか。わからない、という情報は重要だ。

「バグダッドの様子はわかりません」

「バスラが制圧されたのかどうか、米英軍は制圧されたと発表し、イラク情報省は制圧されていないと発表しましたが、カタールにいるわたしは確認できません」

「イラク市民がどの程度フセインを支持しているのか、アンマンではわかりません」

「米英軍の補給線が確保されているのかどうか、ここキティホークからはわかりません」

そういったレポートが必要とされているが、そういう姿勢はない。それはたとえばNHKという報道機関に、わからないという言葉は国民を不安にさせるのではないかという懸念があるからではないか。一般国民は安心したがっているからわからないなどと言ってはいけない、と思っているのではないだろうか。

*

確かに、わからないという言い方は人を不安にさせる。日本経済の再生は可能なのでしょうか、という質問が決してなくならないのはそのためだ。ちょっと考えてみれば、日本経済が再生できるかどうか、はっきりとわかっている人がいるわけがない。

北朝鮮が暴発する可能性があるのでしょうか、という質問も同じだ。あまりにも不確実で、はっきりしたことを言えるわけがない。でもそういう質問がなくなることがない。

より重要なのは日本のメディアなどでもよく使われるようになった北朝鮮の「暴発」という事態が正確に何を指すのかということだと思うのだが、そういった具体的なことが語られることはほとんどない。

ろうか。北朝鮮が日本に対し軍事侵略を行なうという意味だろうか。北朝鮮が日本に軍事侵略を行なうための前提として何が想定されるだろうか。北朝鮮はどこに上陸すると考えられるだろうか。上陸に際して北朝鮮は空爆を行なうだろうか。たとえば日本の沿岸のどこかに北朝鮮軍が侵略のために上陸すると仮定すると、どのくらいの準備と人員と装備と補給物資や燃料が必要なのだろうか。

北朝鮮軍が日本を侵略することは今の時点では考えられないとわたしは思う。正規軍を動かすと、偵察衛星に捉えられてしまい、その時点でアメリカ軍や韓国軍が行動を起こすだろう。また餓死者や凍死者がいる国に、他国に上陸して侵略戦争を戦うだけの食料や燃料があるとは思えない。可能性があるのは、ミサイルでの攻撃だ。ただしミサイルを一発でも日本本土に向けて発射したら、そこで北朝鮮の命運は尽きる。それは自殺に等しい行為で、そのくらいのことは金正日も軍指導部もわかっているだろう。

ただし自殺行為が実行された場合、ミサイルはどこに飛んでくるのだろうか、と考えることには意味がある。どこに、何発飛んでくるのだろうか。北朝鮮のミサイル技術はどのくらい正確なものなのだろうか。たとえば大阪を狙ったら正確に命中するのだろうか。

わたしたちの社会では、さまざまな論議の際にリスクを特定することが少ない。北朝鮮がシルクワームやノドンをどのくらい保持しているのか知らないが、日本中を破壊することは不可能だろう。同様に、まかり間違って侵略のために上陸が行なわれても、日本中の海岸に北朝鮮軍が押し寄せることはない。

どこか特定の場所が狙われるのだ。そしてそういった攻撃を持続させるだけの国力は北朝鮮にはない。もし第二次朝鮮戦争が始まったら、最初の数時間でソウルには数千発のロケット弾が撃ち込まれ、数百万の人が死傷するという試算がある。だが北朝鮮のミサイルは日本中を火の海にすることはできない。北朝鮮が自殺的な軍事政策を採った場合、日本中ではなく日本のどこかが狙われることになる。北朝鮮の暴発を論議するときには、その「どこか」を特定する形で行なわなければ意味がない。だが現在の日本のメディアにはそういった論議を行なう文脈がない。だから北朝鮮の暴発という極端な可能性の論議は必ず曖昧なものとならざるを得ない。

いったい北朝鮮の暴発は起こるのか起こらないのか、というようなヒステリックでわけのわからない論議にならざるを得ないわけだ。北朝鮮が暴発するのかどうか、そんなことは誰にもわからないし、当たり前のことだが、アメリカ、日本、韓国、ロシア、中国、台湾など各国の外交政策によって状況はいくらでも変化する。だから、北朝鮮の暴発の可能性に関しては、わからない、と言うしかないのだが、わからないという答えはしだいにタブーに近いものになっている。

「正確なことはわからない」というレポートや報道は、視聴者や読者に個人的な思考を要求する。長い経済停滞の影響もあり、近代化途上ではそれが不要だったという名残もあって、日本社会はさらに個人的な思考を停止する方向に進みつつある。

置き去りにされる人びと

04/28/2003
17:16

イラク戦争は短期間で終わった。開戦と同時に無力感に捉われて、戦争が終わってもそこからなかなか抜け出せない。いよいよ米英の軍事行動が始まるというときにも、わたしはどこかで「アメリカは戦争をしないかも知れない」と思っていた。アメリカの軍事行動には正当性がないから許されない、そういう風に思っていたわけではなかった。覇権国家にとっては、正当性などどうでもいいことだ。また覇権国家以外の国でも、国益が正当性に優先することはしょっちゅうある。

覇権国家の軍事行動に対しては正当性のなさを訴えるより、合理性のなさを指摘するほうが効果的かも知れない。イラク戦争に合理性はあったのだろうか。イスラム過激派のテロを根絶するという目的を考えると、イラク戦争は逆にテロのリスクを増大させた。パレスチナ及び中東の安定ということでも戦争は避けるべきだったとわたしは思う。中東の各政府はテロを行なうようなイスラム過激派を排除しようとしていて、アメリカとの共存を探り始めていた。

パレスチナでもアラファトに代わってイスラエルの存在を認める指導者が現われた。アメリカは戦争をしなくても充分に中東から利益を引き出すことができたはずだ。だからイラク戦争は、アメリカの国益や中東の安定が動機ではなかったのではないかとわたしは思った。福音派というキリスト教原理主義の影響がよく言われるが、狂信的な善意には合理性は通じない。

イラク戦争のアメリカ兵はすべて志願兵で、そのほとんどが貧しく、移民一世も多かった。そのこともわたしの無力感の要因となった。捕虜になったヒスパニック系の兵士の両親には英語がまったく話せない人もいた。そういった移民の兵士たちは、市民権をとるために、あるいは家族に無料の医療サービスを受けさせるためにイラクに行った。

しかしイラク戦争は歴史の変換点ではない。つまりイラク戦争は世界の枠組みを大きく変えてしまったわけではない。世界の枠組みは、九・一一以前から、すでに変わり続けていた。その大きな変化が九・一一とアフガニスタン戦争とイラク戦争で露わになっただけだと、わたしは個人的に思っている。無力感にとどまってはいけないのだろうが、無力感を忘れてもいけないのだろう。

イラク戦争以前に世界の枠組みが変わり始めたと書いたが、どう変わっていったのだろうか。変化に気づき、理解する人はいても、おそらくそのことを語れる人はいないのではないか。パラダイムの変化とはそういうことなのかも知れない。社会・産業構造の変化に言葉の文脈が対応できないという現象は、日本を例にするとわかりやすい。

中田英寿との対談集が文庫になって、集英社はその帯に「世界に通じるスキルを磨け」という宣伝文を入れようとした。わたしはそれを「世界に通じるスキルを磨く」という風に変えた。対談の中でわたしも中田も読者に向かって「スキルを磨け」などとは一言も言っていない。自分はスキルを磨こうと思っているというようなことを繰り返し言っているだけだ。つまり自分のこと以外はほとんど話していない。それなのに、帯の宣伝文は「スキルを磨け」という命令文になる。もちろん集英社に悪意があるわけではない。集英社はほとんど無自覚に命令文にしたのだ。

＊

四月末の朝日新聞の社説の見出しに、「金融機能の回復を急げ」というのがあった。命令文だが、社説の全文を読んでも、いったい誰に向かって命令・指示しているのか不明だった。

金融機能の回復を急がなければいけない「主体は」いったい誰なのだろうか。おそらく朝日新聞も無自覚に命令文にしたのだと思う。それは、旧来の文脈で機能してきた命令文の使い方なのだ。

「企業統治はゴーンに学べ」
「このモバイルギアでライバルに差をつけろ」
「電子メールの日本語力をアップせよ」

男性誌やビジネス誌には、そういった命令文の見出しが多い。命令・指示されているのは不特定多数の読者だが、「不特定」だから自分のことは考えずに済むという巧妙な仕掛けがある。そういった命令・指示は、社会の変化から置き去りにされようとしている人にしか届かないし、電子メールの日本語力をアップしなければいけないのは自分だけではない、という安心感が前提となっている。だから記事全体に切迫感がない。

あるモバイルギアを持つだけで社内のライバルに差をつけることができるわけがないから、本当に優秀な人はそんな記事は最初から真剣に読まない。そして優秀ではない人は、みんな考えていることや状況は同じなんだと、ただ安心するためにその記事を読む。記事と読者の間で、重要な情報の受け渡しは何もない。誤解しないで欲しいが、無自覚に命令文を見出しで使う新聞や雑誌を批判しているわけではない。社会・産業構造の変化は言葉と文脈の変化を促すが、言葉や文脈はなかなか社会・産業構造の変化に対応できないことを指摘したいだけだ。

さらに、それが変化を阻害することもある。たとえば、いわゆる構造改革だが、構造改革を推進する勢力も、改革に反対する勢力も、共通して、「国民のみなさんのために」という前置きを使う。それは誠意がないからではなく、他に言いようがないからだ。しかし、高速道路四公団の民営化の問題でも、おもに都市部と地方の利害の対立があって、「国民のみなさん」という言い方ではその対立が隠蔽されてしまう。

対立を露呈する文脈がないと、利害の対立を前提とした論議ができない。高度成長の頃と違って再配分される資源は限られている。つまり使える補助金や地方交付税還付金は充分ではない。足りないのだ。たとえば地方に高速道路を造れば都市機能の充実は後回しになる。それはすでにみんなが知っていることだが、文脈がないので論議ができない。つまり都市部と地方の利害の対立を示すための主語がない。「国民のみなさん」という言い方以外に、利害の当事者を表す言葉がない。

だからいつまで経っても論議は終わらず結局どっちを選ぶのかという選択もできないまま時間が過ぎていく。銀行の不良債権問題も同じだ。各大手行の業績や不良債権処理能力は横並びに同じではないが、それらを仕分けする言葉がない。まさか優良行と不良行とするわけにもいかない。

教育問題でも同じだ。ゆとり教育の是非ばかりが問われているが、問題は、ゆとり教育などまったく関係ないという一部の優秀な子どもと、違う意味でゆとり教育とは無関係な底辺層の子どもと、中間層の子どもに分かれてしまっていることだ。唯一の解決策は、優秀な子ども、底辺層、中間層に分け、それぞれの能力にあわせてカリキュラムを組むことだが、そういうことを言うと、子どもを差別してはいけないという批判が必ず出る。子どもの能力に応じたカリキュラムを組むのがどうして差別なのか、わたしにはわからないが、たぶんそれも言葉の問題なのだと思う。子どもをカテゴライズする言葉や文脈がないのだ。

本来差別というのはある特定の子どもたちから教育の機会を奪うことだと思うのだが、日本社会では微妙に違う。子どもをカテゴライズすることそのものが差別になってしまう。しかもすでに日本社会では、実際には教育の機会は平等ではない。富裕層の子どもは比較的いじめが少なく偏差値が高い私立校に行く。地方には偏差値の高い私立校が少ないので、そこでも都市部と地方の格差が生じることになる。

そういった問題の解決法として、論議のための文脈の整備ということはほとんど考えられていない。教育では、教育基本法の改正が進められているし、不良債権を抱える銀行はペイオフが先延ばしされ、その他の構造改革ではまるで社会主義国のような「特区」が作られた。

言葉や文脈が未整備のまま、格差を伴った多様性はさらに露わになっていき、格差も深まっていくばかりだが、言葉と文脈は旧来のままだから、置き去りにされようとする層は、自分たちが何者なのか、なぜ取り残されなければならないのか、わからない。

みんな一緒のはずなのに、どうして自分たちだけが状況の変化から取り残され、尊敬されなくなり、プライドを失うのかがわからない。明らかに置き去りにされようとしているのに、それがなぜか、カテゴライズする言葉と文脈がないのでわからないのだ。九〇年代のクリントン時代、アメリカでも同じように時代状況に置き去りにされた人々がいた。ＩＴや金融革命に無縁だった南部のキリスト教原理主義者や東部のユダヤ保守層などだが、今回のイラク戦争を支持したのはおもにそういう層だったと言われている。

日本でも置き去りにされたという怒りを持つ人々がしだいに増えるだろう。わたしたちの社会は、格差を伴った多様性を、差別のニュアンスを排してカテゴライズする言葉と文脈を持っていないし、持とうともしていない。置き去りにされた人々は、地方だけではなく都市部にも、また年配層にも若年層にも、貧困層にも富裕層にも知識層にも、社会全体にフラクタルに存在する。一つの可能性は北朝鮮だが、他に彼らの怒りはどこへ向かうのだろうか。

解説

しまおまほ

電車の中で本を読まない。音楽も聞かない。電車の中は、ただ、ずっと見る時間。目の前の人の本、隣の携帯、カバンから出た郵便物、誰かの会話、あの人の帽子、有名ブランド、中吊りにミラーマン……。

電車は時にすれ違い、時に平行して走っている。ユラユラと近づいたり、離れたり、追い越したり追い越されたり。そうしているうちに、向かいの電車は地下へ潜って行き、開けた視界には線路沿いの緑と坂をトボトボと歩く人たちが見えた。

車両の中のひとりひとりには同じものはあるはずもなく、色んな顔で色んな趣味でそれぞれの人生で、本当に人間ってイロイロなんだなあ、と乗るたび毎回同じように感心して電車を降りる。

「観察終了！」

ホームに降りた時、電車が無事着いたという安心感と（たぶん）相まって、妙に満足げで充実した気分になる。自分でもちょっと変だと思う。

ただ、海外で電車（外国だと「電車」というより「列車」という感じ）に乗った時にはそれがないという事に気付く。「日常」の外の景色であることも理由ではあるけれど、それよりも人々に違いがありすぎる。人種も、ファッションも、年代、趣向、色、バラバラ。考え方が違うのも見た目ですぐわかる。それはそれで、カタログを見るような興味深さはあるけれど、むしろ日本の空間よりもなんだか物足りない。

そこで初めて自分は、似たような人たちの集団の中で小さな差異を発見することに楽しみを見いだしていたんだ。わたしも、その似たような人の中のひとり。それが面白いと思った。

本書の解説を書くことになり、慣れない電車の中での読書を実行してみた。自分の周りにちりばめられたように配置している人びと。いつも見ている、小さな国の小さな光景。その中の一部となってリストラとか外交とか経済とか再生とかゆとり教育とか格差とか……わたしたちの気づいていない仕組みや弱点、避けられない運命の物語を目で追っていてなんだか悲しい気持ちになってしまった。スーツを着たおじさんのハゲもうすら寒く寂しいハゲに見えてくる。

格差はこの電車の中にも……お金持ちは電車に乗らないか。貧乏人が肩寄せ合って電車に乗ってるのか……悲しい！　若者には説教をしたくなり、子供には留学させたくなった。

しかし読み進めていくうち

「恵まれていない作家としてのわたし」

に著者が自分の作品について

「多くの人に伝わった自覚がない」

と知ると、なんだか「ダメだダメだ」と読むわたしの姿勢こそが、著者に「伝わっていない」と感じさせてしまっているような気がしてきた。「ツッコむ」余地はあったはずなのに、いつのまにか眉間にシワをよせて、すこし傾いて、手のひらを頬にあてて「村上龍顔」（パブリックイメージ）をして本を読んでいた。すっかり憂国気分にドップリだった。

「すべてをわかっている人はいない」

そりゃそうだ。

著者を「すべてをわかっている人」としてしまうことがそもそもの間違いなんだ、きっと。

スミマセン、もう1度読み直します。

おじさんのハゲがほのぼのしたかわいいハゲ頭に戻った気がした。

読み返す前に、ずいぶん前に読んだ「すべての男は消耗品である。」（角川文庫）のことを思い出してみた。この本を読んで以降ひとつだけ、自分の中で変わって今でも続く価値観がある。

選挙の時、男性の候補者選びは「抱かれたい男」を基準に決めるということ。それまで、新聞や雑誌や折り込みやテレビやラジオの情報を適当にかいつまんだり読み飛ばして、ある意味真面目に候補者選びをしていたけれど、ある夜の選挙特番を見て、気付いてしまった。「結局、選挙に出ようという選択肢を持つセンス。それのだいたいが気に喰わないんだ」。

そんな人々の公約や、作り笑いとにらめっこしているのが馬鹿らしく感じられて。でも選挙に行かないのはもっと悔しい。困ったなあ、と思っていた時にちょうど読んだのが先の本だった。

「セックスに必要なのは体力だ、愛じゃない」（すごいタイトル！）の一編に「（セックスの）才能がない連中が戦争に走る」の一言。

これに妙に納得させられた。頭で理解したというより、身体でわかったという感じ。なるほど……

そこでふと、テレビを見ながら思ったのが、わたしは小泉総理（当時）とは絶対、絶対、ぜーったいデキナイなということ。小泉さんにそっちの才能があるかなんて知らないけれど、する機会なんてないけれど、もし万が一ソノ時が来たら、それはとてつもない恐怖の時間なんじゃないかと思った。石原慎太郎とかもそう。

同性は、ある程度は見抜けている部分もあると思う。ただ、男性はなにを基準にしていいのかよくわからなかった。「生理的に」だけでは自分を納得させられなかったので（たまに「良い事いってんのかな?」と揺らいでしまう瞬間があるから）この価値観に救われた。「抱かれたい」なんて軽薄な言葉だけれど、セックスを前提に考えたほうが素直に答えを出せることも多い。

「消耗品」は「逃げ場」を作るヒントをくれた。これは、自分にとって結構大きな発見だった。

ちなみに、「イラマチオ」という言葉の存在をこの本で初めて知った。

結局、わたしみたくたったひとりのたった1冊の本で憂国に走ってしまうような人間の無意識が集団となって突き進む傾向にこそ、本書の「憂国」が存在するのかもしれない。本や著者を軽視するつもりはないけれど、読み手がもっと多面的で自由であるべきだと思う。

わたしの乗っていた電車。

乗客は皆、黙って手元に携帯や本。揺れる吊り革。隣から一定のリズムで携帯のキーを押す音が聞こえるので、チラッと覗くとスロットマシーンを一心にやっていた。

車内にいるだいたいの人が無意識の中にいる。腰掛けたまま、立ったまま、スロットをしたまま、無意識の空間が速いスピードで移動している。わたしたちは何処かの国の電車の中のように音楽を奏でたり、大声で話すこともなく、線路の上を走って……。

偏った選挙結果や、むやみな責任追及など、無意識を走らせた結果なのではと思う。

そう理解し始めると「置き去りにされる人びと」はとても不気味な意味を帯びてくる。

2度目は電車では読まない。ベッドで読む事にした。
「すべての男は消耗品である。」を復習して、眉間にシワのよらない気楽な読み方のコツをつかんだ。(山田詠美さんの解説もおおいに参考にさせていただきました)
気怠い空気の中、天井のシミか埃を見つめながら憂える目で日本の外交を語る男性の傍らで
「フン……フン、そうね、そうよね」
と相づちを打つ気分で読むのである。

スナックのママの調子でもいいと思う。やってみると、結構楽しい。

——コラムニスト

この作品は二〇〇三年六月ＫＫベストセラーズより刊行されたものです。

幻冬舎文庫

●最新刊
子どもあっての親
——息子たちと私——
石原慎太郎

それぞれが個性豊かな人間に育った石原家の兄弟。彼らは父と何を語らい、何をともにしてきたのか？　弟・裕次郎や両親との心温まるエピソードも交えて明かされる、感動の子育ての軌跡。

●最新刊
社外取締役
牛島　信

大学で日本史を教える高屋はある日、大手企業の依頼で社外取締役に。だが、この安請け合いが彼の人生を狂わせる——。真のコーポレートガバナンスのあり方を問う、企業法律小説の傑作。

●最新刊
内館牧子の仰天中国
内館牧子・文
管洋志・写真

今、食材の危険性など仰天報道にさらされている中国。だが、「愛すべき仰天」も何と多いことか！　香港からシルクロードまで縦横無尽に渡り歩き、笑って怒って惚れた中国の仰天エッセイ。

●最新刊
65
乙武洋匡　日野原重明

生きること、働くこと、齢を重ねること、人との接し方、時間の使い方、家族のあり方……最もエッセンシャルなテーマを、年齢差65の二人が語り尽くす。何度も読み返したくなる対談集。

●最新刊
上と外(上)(下)
恩田　陸

夏休み。中学生の楢崎練は家族とともに中央アメリカのG国へ。そこで勃発した軍事クーデター。絶え間なく家族を襲う絶体絶命のピンチ。ノンストップの面白さで息もつかせぬ恩田陸の長編小説。

幻冬舎文庫

●最新刊
ボーイズ・ビー
桂 望実

母親を亡くした川畑隼人、十二歳。ある日彼は、真っ赤なアルファロメオを乗りこなす偏屈ジジイと出会い、心を開いていく。衝突を通して成長していく二人の姿が胸を打つ感動のロングセラー。

●最新刊
暗礁(上)(下)
黒川博行

疫病神・ヤクザの桑原が嗅ぎつけた新たなシノギ。建設コンサルタントの二宮を三たびたらし込み始めたのは、大手運送会社の裏金争奪戦だった。人気ハードボイルド巨編。想定外の興奮と結末！

●最新刊
銀行籠城
新堂冬樹

閉店寸前の銀行に押し入り、人質を全裸にし籠城した男。何ら具体的な要求をせず、阿鼻叫喚の行内で残虐な行為を繰り返す、その真の目的とは何なのか？ クライムノベルの最高傑作！

●最新刊
螢
麻耶雄嵩

オカルト好きの学生六人は京都山間部の黒いレンガ屋敷に肝試しに来た。十年前、作曲家の加賀螢司が演奏家六人を殺した場所だ。ふざけ合う仲間。嵐の山荘で第一の殺人はすぐに起こった——。

●最新刊
工学部・水柿助教授の逡巡
The Hesitation of Dr. Mizukaki
森 博嗣

なんとなく小説を書き始めた水柿君は、すぐに書き上がったので、出版社に送ってみたら、なんと本になって、その上、売れた！ そして幾星霜、いまではすっかり小説家らしくなったが……。

置《お》き去《ざ》りにされる人《ひと》びと

すべての男《おとこ》は消《しょう》耗《もう》品《ひん》である。Vol.7

村上龍《むらかみりゅう》

平成19年10月10日　初版発行

発行者――見城　徹

発行所――株式会社幻冬舎

〒151-0051東京都渋谷区千駄ヶ谷4-9-7

電話　03(5411)6222(営業)

03(5411)6211(編集)

振替00120-8-767643

印刷・製本―中央精版印刷株式会社

装丁者――高橋雅之

幻冬舎文庫

ISBN978-4-344-41038-1　C0195　む-1-27